本色文丛 · 于晓明　主编

紫骝斋日记

马嘶／著

深圳出版发行集团
海天出版社

图书在版编目（CIP）数据

紫骝斋日记 / 马嘶著. — 深圳：海天出版社，
2013.1

（本色文丛）

ISBN 978-7-5507-0596-8

Ⅰ.①紫… Ⅱ.①马… Ⅲ.①日记—作品集—中国—
当代 Ⅳ.①I267.5

中国版本图书馆CIP数据核字（2012）第263216号

紫骝斋日记
ZILIUZHAI RIJI

出 品 人	尹昌龙
策划编辑	于志斌
责任编辑	陈 嫣
责任技编	蔡梅琴
装帧设计	王 璇
书名题签	嵇贾孜

出版发行 海天出版社
地　　址 深圳市彩田南路海天综合大厦（518033）
网　　址 www.htph.com.cn
订购电话 0755-83460293（批发）　83460397（邮购）
设计制作 深圳市龙墨文化传播有限公司　Tel：0755-83460859
印　　刷 深圳市华信图文印务有限公司
开　　本 787mm×1092mm　1/32
印　　张 8
字　　数 128千
版　　次 2013年1月第1版
印　　次 2013年3月第2次
定　　价 31.00元

　　马嘶，原名马守仪，河北唐山人，1934年生，1957年毕业于北京大学中文系。中国作家协会会员，国家一级作家。曾任保定地区行署文化局戏研室研究员、唐山地区行署文化局创作科副科长、唐山市文联副主席、《唐山文学》杂志社主编、唐山市文联主席兼党组书记和名誉主席等职。一生与书为伴，长期从事文学创作、文学评论、文学研究与文学编辑工作。近年来从事中国现代文化史、教育史、学术史的研究和著述。已出版的主要著作有《芦笛集》、《紫骝斋文学评论》、《勇敢者的伊甸园》、《燕园师友记》、《负笈燕园》、《学人往事》、《百年冷暖——20世纪中国知识分子生活状况》、《1937年中国知识界》、《一代宗师魏建功》、《往事堪回首：百年文化旧案新解》、《林庚评传》、《学人书情随录》、《学人藏书聚散录》、《河北读本》（与人合作）等。

　　斋名紫骝斋，取李白《采莲曲》中"紫骝嘶入落花去"和《紫骝马》中"紫骝行且嘶"之句；亦有用曹操《龟虽寿》中的"老骥伏枥，志在千里"之意以自勉。

自 序

1995 年春季，我在唐山市第四届文代会上代表文联委员会作了工作报告之后，便顺理成章地从唐山市文联主席任上退下来了，这一年我 61 岁。虽然大家又推选我为文联名誉主席，但这个没有任何实际意义的荣誉职务并没有给我添加丝毫心理负担，我只是感到了如释重负般的轻松惬意。

这一重大的人生转折，并没有使我感到这是殷殷劳作生活的结束，反而让我深切地感到这是一种新生活的开始。于是，一个由硕大字号组成的文章标题闪现在我的面前："书斋生涯今日始。"我处心积虑地要做好这篇大文章。

从青春年少时起，我便钟情于高雅的书斋生活。上个世纪50 年代在北大读书时，我目睹了我的业师们（他们多是 20 世纪大师级的学者）令人艳羡的书斋生活以及他们的卓越成就，并且希望像他们那样度过辉煌的一生。然而，从学校门出来走入社会之后，我却很少有机会去过那种令人神往的书斋生活。尽管我从事过的几种职业都距书斋只有咫尺之遥，或者原本就是一脚踩在书斋里一脚踏在书斋外，但由于连年频繁的政治运动和社会的动乱，我终不能在书斋里安放一张安静的书桌，在那里静静地读书写作，更何况我始终没有福分拥有一间只属于我个人的小小书斋！因此，书斋生涯只是我的一个美丽的梦。

进入改革开放的新时期之后，社会安定了，我们似乎有了稳坐书斋不受干扰的优雅环境，然而，我却又不幸做了"为人谋"者，被举荐到行政领导工作岗位上，并且在相当长的时间里主编着一个文学刊物，后来又做了一个文艺单位的主要领导。在接连不断的矛盾纠葛中，我不但没有更多的精力坐在书斋里劳作，甚至也没有了那种优雅的兴致。办公室里虽然也有写字桌和众多的书刊，但那毕竟不是自己的书斋。整日忙于各种纷乱的事务，日夜考虑着本单位存活的经济问题，处理诸如分房、评职称、评奖、人事纠葛之类令人烦恼的琐事，心离书斋越发远了。

我终于盼来了退休的这一天。对于退休，我不仅没有丝毫失落感，反而感到欣喜。我为自己制订了三个五年计划，在一年的过渡期（这个过渡期是重新打开失去了的"天下"）之后，便要实施这个计划了。

我过上了真正的书斋生活，日出而作，日入而息，日复一日，年复一年。我的沉稳和勤奋超过了以往任何一个时期。

我已经有了一间名副其实的书斋，要用的书可以插在架上，放在橱内，随手便可以翻检。我的治学兴趣和写作方向也有了转移，淘书的重点也放在现代学术史、文学史和民国史方面。这不仅是我一生中的一个读书与写作的高峰期，也是我搜求有用之书的高峰期，我的书斋里的藏书很快便初具规模了。

这几年中，我写作并出版了《燕园师友记》《负笈燕园》《学人往事》等三部书，发表了数量不算少的散文随笔和学术文章，总计有一百多万字。我还编选了一本书话集，同时，撰写着两部专著（均尚未完成）。

这里选的是 1997 年至 2001 年这五年中的日记，即我自定的第一个五年计划岁月中的生活纪实。在我的日记选即将付梓之际，我写下了这一段记录我的生活经历的文字，为我的日记作一概说，亦谓之"自序"。

2002 年 3 月 12 日，马嘶于紫骝斋

目录
Contents

1997 年日记

1月1日　星期三，雪转晴

下了一夜的雪，晨起雪停天晴，窗外是一个银白的世界。预报是小雪，实已够中雪了。洗漱后，出外去散步，一出楼门，雪深没鞋，且天十分冷，便又回屋。今日是出不去了。

昨日这个除夕夜，过得很是寂寞，只我一个人，洁在保定。过去，除夕夜总是玩得很痛快，大学时代总是要玩个通宵的。近年来颇喜清静，倒是难得有这样的幽静，一个人读些书。

去年一年，算是我的一个创作丰收年，全年发表长短文章59篇，比上一年翻了一番，几为一生中数量最多的一年，稿酬已得3300多元，尚有八九处未寄来。

上午，抄改《遗少与使者》一文，得2200字。

给林庚先生和廖静文大姐写信问候。

下午，复魏至信。写《不悔少作的刘纲纪学长》毕。

晚读《叶圣陶出版文集》。

1月2日　星期四，晴

上午，抄改《不悔少作的刘纲纪学长》。

洁自保定打电话来，谈买房事。

读《秋禾书话》。

1月3日　星期五，晴

《唐山劳动日报》周末版发了我的《大手笔写小文章》，此为周末版创刊号，买报纸2份收藏。

上午去文联，与同志们谈。

抄改《刘纲纪学长》毕，得 3200 字。

给武汉大学哲学学院刘纲纪学长写信。

晚读《叶圣陶出版文集》，颇感兴味，此书四分之三篇幅为叶老任出版总署副署长时的日记，从中可窥知建国初期出版界之事。

1月4日　星期六，雪

晨起下了小雪，出门散步 20 分钟即归。

为《旧书交流信息报》写专栏《藏书琐谈》中的《散书之痛》一文，900 字。

雪下个不停，无法去旧书市场。

中午，煮速冻饺子 20 个。

午睡起，雪仍下，去煤医道邮局，挂号发走给《羊城晚报》万振环的稿子《遗少与使者》，发走给《文论报》的稿子《和张学梦聊天》及刘纲纪信。

写《藏书琐谈》之四《绝版书》。

晚，给洁打电话，读《钱钟书传》。

1月7日　星期二，晴

晨起出外散步，在报社门口看报，见昨日《唐山晚报》发了我的散文《冬季登山看日出》，此稿编发极快。买晚报 2 张。

《旧书交流信息报》寄来 12 月 10 日报纸，发了我的《〈三月江城〉及其他》，此为"旧书残梦"专栏之二十四，是此专栏中的最后一篇，1996 年发了 24 篇。

继续写《福建才子谢冕与张炯》一文，下午写毕，得 4400 字。

1月9日　星期四，晴

写《藏书琐谈》之五之六《初版书》（800 字），《毛边书》

（700字）。

晚读《负暄三话》。

1月10日　星期五，晴

上午去机关。接刘章信及诗集《中华风景》。

写《藏书琐谈》之七之八《买旧版书》、《买特价书》，各为700多字。

《信息大观报》今年仍赠阅。

下午，董国和打电话来，约定明日去旧书市场。

晚，给洁打电话。

1月11日　星期六，晴

上午，去旧书市场。董国和来，带来常风《逝水集》，我带去《旧书交流信息报》给他。

去邮局领取《当代人》寄来的稿酬60元。

誊抄《尺牍的魅力》一文。

下午整理旧报，将1996年以前的《文艺报》、《文论报》、《信息大观报》、《读书生活报》、《书刊报》等捆绑存放，将《中华读书报》、《文汇读书周报》等常要翻阅的旧报放屋中，以便翻检。

晚读《逝水集》。

1月12日　星期日，晴

复刘章信。

接北京风入松书店信，言我要买的《国立西南联合大学校史》尚未进，拟先寄来《怀旧集》和《蒿庐问学记》，校史进货后再告。

1月13日　星期一，晴

上午去机关，接福建《出版广场》副主编黄正慧贺年卡，接新华社湖南分社事业发展部《中国当代著作家大辞典》特邀入典函。

写《追怀周祖谟先生》，读《逝水集》。

患感冒，颇不适。

1月16日　星期四，晴

上午，去唐山军分区招待所参加文联全委会，散会后未参加聚餐即归。

接郭淑敏寄她主编的佛学刊物《菩提心》第2期。

下午，抄改《追怀周祖谟先生》。

1月19日　星期日，晴

收到今年第1期《书与人》（南京），本期发了我的《聚书与散书》一文。

下午抄写《追怀周祖谟先生》。

晚读《收藏》，早睡，后被电话铃惊醒。洁打电话来，时间是10时40分。

1月20日　星期一，晴

抄完《追怀周祖谟先生》，3100字。

李凤梅寄《名人》第1期来。

下午，整理近几年写的《燕园寻梦》系列文稿，已经发表了20篇，尚有已定稿和未定稿数篇，列了个目录，共41篇，约20万字，当继续写一些，编成一部书。

给洁打电话。秦辉打电话来。

1月22日　星期三，晴

《书城》第1期，发了我的《杨正宗的诗集〈花圈〉》一文。这个刊物处理稿件真快，我11月30日寄去的稿，现在就发了。

上午去机关，在卫生室开药4种。

写《记同窗袁行霈》。

下午，写《编辑家、出版家叶圣陶》。

杏雨打电话来。

1月23日　星期四，晴

继续写《编辑家、出版家叶圣陶》，得3000字。

中午，小风送来两盘大虾。

本期《文艺报》到，载畅销期刊大幅度提高稿酬标准的消息。《知音》《家庭》千字300元，河南的《人生与伴侣》甚至推出千字千元征文。相比之下，纯文学报刊稿酬太低了。

1月26日　星期日，晴

接《信息大观报》稿酬35元（《鲁迅故居的一次活动》）。

上午，去旧书市场，巧遇一本珍稀的民国版旧平装书《现代中国作家笔名录》，袁涌进编，为中华图书馆协会丛书第11种，民国二十五年初版，只印了500部。书中有袁同礼、周作人、刘国钧等人的序，知编者为国立北平图书馆编目人员。封底为灰色。仅用4元购得。已久未淘得如此珍稀版本了，欣喜异常。

1月28日　星期二，晴

下午，董国和来，还书，又借走《新文学史料》5本，他带来了《中国新文学图志》及唐振常的《饕餮集》。

接《书城》样刊2册。

翻阅《中国新文学图志》。

晚，给洁打电话，星期四秦燕送她到天津，她从天津回唐山。

1月29日　星期三，晴

写《编辑家、出版家叶圣陶》。

上午，杏雨、杏云、小风等来，送来许多年货。

连堂打电话来，秦皇岛奚学瑶打电话来。

1月30日　星期四，晴

给刘章写信，给刘倬杰表哥写信。

上午去机关，领工资，参加老干部座谈会，领年节慰问金100元。接刘纲纪信。

中午，秦燕自天津打电话来，他们的汽车将洁送到天津，洁已买上319次火车票。

下午2时去火车站，3时接洁归。

接《书与人》第1期样刊。

晚，新华社郑战国打电话来，连堂、秦辉打电话来。给秦燕打电话。

1月31日　星期五，晴

接《东方文化》函，我的《记金克木先生》发第2期，索要金先生照片一张。

张学梦送来《唐山文学》稿酬70元。

2月7日　星期五，晴

今日为大年初一。亲友们来拜年，用电话拜年问候者很多，我们亦打了许多电话给远方的亲友拜年。不详记。

2月9日　星期日，晴

上午，接《书与人》稿酬150元，《羊城晚报》稿酬140元，《中国文化报》稿酬75元，《文艺报》稿酬48元。

下午，给《家庭》杂志编辑刘忠义写信，给金克木先生写信，索照片。因不知他的住址，只好由北大东语系转。

2月11日　星期二，晴

上午，收到风入松书店邮寄的《国立西南联合大学校史》，他们终于找到了此书，甚是感谢。

张响涛寄来《青少年文学》。

接中国作家协会寄的《作家通讯》。

接《书城》稿酬50元。

2月12日　星期三，晴

丰南的刘宝池、王正宇打电话拜年。

给北京风入松书店邮购部杜国英写信，表示谢意，并开列欲购新旧书单，请他们留意。

改抄旧作《管桦的乡土情结》，拟寄《羊城晚报》。

2月17日　星期一，晴

上午去机关，与张学梦谈天。

写完《编辑家、出版家叶圣陶》，3100字。

接《今日名流》第2期样刊2册，发了我的《"三剑客"：从清华园到燕园》一文。接《文论报》稿酬30元（《忆苦饭与文化》）。

2月18日　星期二，晴

抄改《福建才子谢冕与张炯》。

接《文论报》稿酬2件：《著作等身与虚怀若谷》40元，《洞察自然的明澈眼睛》50元，均为1996年发表的作品。

复赵曙光信，寄《深刻的幽默》、《生命的韧性与伟力》、《古城访旧书》三篇文章的复印件，均为我发表过的短文。

晚读《堪隐斋随笔》。

2月20日　星期四，晴

给林庚、季羡林二先生写信，寄《"三剑客"：从清华园到燕园》复印件。

下午，抄完《福建才子谢冕与张炯》，5000字，拟明日寄福州《出版广场》。

5时，与洁去百货大楼，买化妆品一瓶，38元，洗发黑一瓶，19元。

2月27日　星期四，阴

上午，与洁去文化宫看书画展。李良来，看旧画。

接金克木先生信，并寄来在报纸上发过的一张照片，金先生住北大朗润园13楼105号。下午即将金先生照片寄《东方文化》主编萧亭先生。

2月28日　星期五，晴

上午，去机关，得林庚先生信，得《出版广场》。

给洁买步长脑心通6瓶，198元。

3月3日　星期一，晴

上午去机关。

复印发表过的《燕园寻梦》系列文章数份，拟送给任彦芳看。

接《今日名流》稿酬322元（《"三剑客"：从清华园到燕园》）。

接《旧书交流信息报》第3期2份，发了我的《藏书琐谈》之二《聚书之乐》。

下午，李良、陈雷来，研究旧画。

3月5日　星期三，晴

上午去车站，送洁回保定，乘游24次。

下午，陈惠玲来，单学鹏、赵义和（一合）来。

晚，洁打电话来，已抵保定。

3月12日　星期三，晴

写完《吸燕园灵秀，铸幽邃学魂——同窗袁行霈》一文，5600字。

下午，去书刊交易市场，买季羡林散文集《赋得永久的悔》，七折，11元。

读《赋得永久的悔》和《西南联大校史》。

3月13日　星期四，阴雨

上午，去机关，与张学梦谈天。

下起小雨，在家中抄稿。

晚给洁打电话，她已输液四天，血压已降下。

读《西南联大校史》。

3月14日　星期五，阴

晨起外出散步，在报社门前阅报，人民日报13日刊登新华社消息：著名乡土文学作家刘绍棠因病于12日晨逝世，享年61岁。

这消息使我感到震惊，不想他竟去得这样早，这样仓促！想起许多往事，我应写文章悼念他。

下午，开始写《追怀刘绍棠》一文。

3月16日　星期日，晴

写毕《追怀刘绍棠》，1500字，寄《唐山晚报》。

下午，再将《追怀刘绍棠》展开些写，得2000字，寄《羊城晚报》。

读《西南联大校史》。

3月18日　星期二，晴

上午，抄完《同窗袁行霈》，6000字。

张秀兰给洁送来宣纸50张，借走《钱松喦画集》。

下午，整理1993年旧稿《曹靖华在课堂内外》。

奚学瑶自秦市打电话来，他拟与张辉利下周一去京，去北大和中国作协，问我去不去。我言定星期五六打电话给他。

白涤非电话告：明日下午去市委宣传部参加评选"五个一"工程作品。

晚，张绍义、佟立云夫妇送来市政协印的《凌寒轩藏书画选》和《抗震二十周年唐山书画选》。

3月19日　星期三，晴

下午，去市委宣传部开会，参加评选"五个一工程"作品，我为图书工作组副组长，每人发评审费300元（包括去年的评审费）参评的图书有20余种，各人分头去看，定在下周一在文联评选。

给洁打电话，她身体好转。

3月23日　星期日，晴

这几日看评选图书。抄完《曹靖华在课堂内外》，3400字。

改写1993年写的《听蔡仪的美学课》。

写散文《到燕南园去》。

3月24日　星期一，晴

上午，去机关，得知我单位离休干部崔光荣同志于昨晚逝世，遂生出许多感慨。崔光荣青年时代参加革命，一直做编辑工作几十年，她自己也钟情于文学创作，但又少有成就。那年申请入省作协，就很不顺利。生前，她留下了两件遗憾事，一是未能入党，二是未能出一本书。

召开评"五个一工程"图书组会议，评图书奖。

下午，写《到燕南园去》，已得2400字。

《唐山晚报》发表我的《追怀刘绍棠》。

晚读从市图书馆借来的《鲁迅与北京风土》（邓云乡著）。

3月25日　星期二，晴

上午，写完《到燕南园去》，3000字，又继续改写《听蔡仪的美学课》。

下午一时半，去工人医院，向崔光荣遗体告别。她终年69岁。

3月26日　星期三，晴

上午去机关，又去三楼民进市委，在卢品贤处领《唐山地震孤儿今日》一书的稿酬 210 元，书中有我的一篇《浓得化不开的亲情》一文。

接成都市藏书家戴天恩信，称赞我在《旧书交流信息报》上发的专栏文字《旧书残梦》、《藏书琐谈》，愿交往。他自我介绍说，他供职于华西医科大学图书馆，个人藏书逾万册，中外诗集藏有 5000 余册。

誊抄《藏书琐谈》之七《买特价书》和之八《买旧版书》，明日寄《旧书交流信息报》。

晚读《三松堂自序》。

3 月 27 日　星期四，晴

上午，复戴天恩先生信。写《藏书琐谈》之十三《藏书的个性》，800 字。

下午，去市图书馆阅报刊，发戴天恩信。回来后，又写了《藏书琐谈》之十四《我的藏书编目》800 字。

3 月 28 日　星期五，晴

上午，初中同学张良辅来访，我们从 1949 年后就没见过面，至今已是 48 年了，他是从鲁天钧处知道我的住处的。

写《藏书琐谈》之十五《偷藏禁书》，800 字，《藏书琐谈》之十六《追怀失书》，800 字。

下午，《羊城晚报》万振环打电话来，他已收到《追怀刘绍棠》一文，定在 4 月 8、9 日发出。

读今日来的《新文学史料》1997 年第 1 期。

3 月 31 日　星期一，阴

上午去机关，得张响涛信。将马宝军二篇稿子推荐给《唐山文学》编辑部方明。

改写《冯至的一次演讲》毕，2900 字。

下午，修改《金克木：自学成才的学者》。

邮递员小褚告，从4月1日起，《信息大观报》由邮局投递，是报社向邮局订后赠阅的。

4月2日　星期三，晴

上午，改完《到燕南园去》，2400字。又改写《侯仁之与历史地理学》。

给洁打电话。

4月3日　星期四，晴

下午去图书馆阅报，在《传记文学》第3期上看到徐然的《我·杨沫·张先生》一文，谈及她与杨沫、张中行的关系。复印一份带回。

在亚都书店买《费正清对华回忆录》一书，1991年版，价仅7.7元。

晚读《费正清对华回忆录》，极有兴味。

4月10日　星期四，晴

上午，乘游24次车去保定，下午4时40分抵保。洁与秦辉、小孙等来接，乘车去秦辉家，晚9时回家。

4月11日　星期五，晴

上午，与洁去西大街商店看24型女车。

买9日的《羊城晚报》，"花地"版发了我的《追怀刘绍棠》。

4月15日　星期二，晴

上午，与洁去西大街商店，买24型凤凰女车一辆，350元。

在书店买杨沫与徐然合著的《青蓝园》一书，内有杨沫《我的三个爱人》等文，叙她与张中行的同居生活颇详，并有张中行青年时代的照片一帧。

4月21日　星期一，晴

下午，去河北大学友联书店，见有王重民著《中国善本书提要》一书，1983年版，定价11.8元，削价至10元，遂买下。又见特价部有《马寅初》一书，为"中国现代名人传记系列丛书"之一种，特价7.8元，购下。

4月26日　星期六，晴

上午，小孙开车送洁和我去涿州，看望澄心姐，同车有亚萍、秦辉等。澄心姐已在医院退休，又被返聘上班。

晚饭后，他们回保定，洁和我住下。

4月28日　星期一，晴

上午，澄心姐陪我们上街，在新华书店买《萧军评传》。

下午，去一旧书摊主的家，买《小说选刊》创刊号，5角，《中国著名目录学家传略》3.5元。

5月3日　星期六，晴

秦燕参加广交会归，送我们内画鼻烟壶一对。此为河北衡水产品。

5月7日　星期三，晴

上午，与洁去金双泰家看画。这几年他收购新旧书画，颇多收获，屋中挂满书画，一些残破书画，经他重新装裱后，又挂在墙上供人欣赏。他经营此业，颇有利可赚。

去连堂兄家午餐。

中午，给小凤打电话，她说接到《读书人报》稿酬160元，想是发了我的《我读名人书札》一文。

下午，抄改《冀中大地之子任彦芳》，4000字。

5 月 9 日　星期五，晴

上午去河大友联书店，又见一部《中国善本书提要》摆在特价部，即刻用 10 元买下。这实在是惊人的便宜。

读完《马寅初》，又读《萧军评传》。

5 月 12 日　星期一，雨

上午下起小雨，终日不断。给廖静文、林庚先生、任彦芳写信，谈拟去京看望他们。

改写《文弱女子性刚烈——忆林昭》一文。

下午冒雨去邮局发了三封信，回来又写《忆林昭》。

5 月 15 日　星期四，晴

上午，去南关大桥边旧书摊，买《中国当代社会科学家》、《党史资料丛刊》第 1 辑，共 3 元。买《燕都》旧杂志 1987 年、1988 年、1989 年共 8 本，每本 6 角，此刊物为北京燕山出版社所办，皆北京文史掌故，拟多搜集一些。

接任彦芳信。

5 月 17 日　星期六，晴

写《燕园师友记》一书简介，800 字。

给任彦芳写信，寄简介。

誊抄《编辑家、出版家叶圣陶》。

5 月 20 日　星期二，晴

与洁乘 7 时 30 分慢车去京，11 时到北京南站，卓杰表哥和他的女婿来接站，打车至卓杰家。

下午，与卓杰表哥谈往事，未出门。

5 月 21 日　星期三，晴

上午，与洁去琉璃厂，在荣宝斋看画。去邃雅斋，买《周作人早年佚简笺注》、《读书四观》。

打电话与廖静文联系，办公室人说，她出差了，月底才回来，这就不能去看望她了。给林庚先生打电话，定明日下午3时去看望他。给《家庭》杂志驻京编辑刘忠义打电话，他正忙于操持会议，见面时间再定。

5月22日　星期四，晴

早饭后，与洁去游颐和园，登佛香阁，坐游艇，游长廊。中午，出颐和园，乘车去海淀，在北大南门外一家小饭馆吃水饺。水饺质量极次，馅似未煮熟，价格却不菲，且旁边一桌人闹酒喧嚷，颇为讨厌。

2时半，进北大南门。门外已悬挂起北大百年校庆的倒计时牌，很是惹人注目。

我和洁在校园里缓缓走着，走近了燕南园，心中不由起了一些激荡。这里，留下了我一个长长的梦。前些时，我写了一篇散文《到燕南园去》，一开头便写道：

"到燕南园去……

这曾经是我求知问学的一种真诚愿望，这曾经是我仰慕大师的一种圣洁情怀，这也曾是我寻觅母校幽邃学魂的一种隐秘行动。而今，这却成了我与日俱增的痴情向往和痛苦渴念。"

走进燕南园，我感到熟悉又有些陌生。几十年的风雨剥蚀，园中这些雅致的小楼和平房小院变得陈旧、古老、荒芜，一些房舍恐早已换了主人，我终生仰慕的马寅初、汤用彤、周培源、冯友兰、魏建功、王力诸先生都已作古，尚健在的林庚、侯仁之等几位也成了耄耋老人。我依稀地辨认着冯友兰、周培源、汤用彤先生住过的房舍，心中百感交集。

我们走到了燕南园的深处——林庚先生居住的62号小院，那青砖门楼已经有些倾圮，但那门楼上仍是开着淡雅的花，丛丛绿竹伸出短墙。记得50年代中期负笈燕园之时，我常与几个同学在黄昏时分走进这个小院，一进院子，就听见有铿锵的钢琴音从淡绿的百叶窗间飘洒出来，使人感到一种诗意的温馨。今天，这里却是出奇的安谧，小院像是沉睡了一样的静。

看看手表，正好3时，我们才走进小院，轻轻敲击着屋门。

有人在屋中轻轻地走动。门开了，林庚先生站在面前。他很清瘦，同给我们讲课时相比，已经判若两人。那时，他不过四十四五岁年纪，风流潇洒，而今却是一个瘦骨嶙峋的老人了。

林先生热情地把我们让进了客厅，坐下来同我们攀谈。当我把一册《今日名流》送给他时，他却指出了我在《三剑客：从清华园到燕园》一文中关于北大中文系教研室主任人选的不准确之处。接着，他就历数着1952年院系调整后北大中文系几个教研室主任的人选，真是如数家珍。林先生已是87岁高龄，他的头脑竟是如此清晰，记忆力是如此之强，这使我吃惊。

洁给我们拍了许多照片，在客厅里，在院里竹丛前。

我赠先生我的几本书，先生赠我由北京大学出版社出版的《中国文学简史》一册。50年代他给我们讲第二段文学史，使用的就是此讲稿，那时，简史只出版了上册，至今才补齐。我希望林先生为我写条幅，先生说，他的手颤抖得厉害，根本不能写大字。先生在赠我的书上签名时，手就颤抖着。

记得我在北大读书时，曾暗自在燕南园中寻觅过当年冰心先生的居处，但始终没有找到。我向林先生问起这件事，他说："冰心住的是66号。"

4时，辞林先生出。

在北大新文化书社买《励耘书屋问学记》。

出南校门，去风入松书店，买《中国文献史》第一卷，《辞章学概论》等，均为旧版新书，价极廉。

回卓杰表哥家。

5月23日　星期五，晴

上午，给江枫打电话，告住处。中午，江枫来访，请他和卓杰表哥在旁边的羊城饭店午餐。

晚上与刘忠义联系，刘定于明日中午在劲松会面。

5月24日　星期六，晴

晨起，卓杰表哥领我们去看附近的城墙遗址公园，内有侯仁之写的重修碑文，由刘炳森书丹。

上午，与洁去琉璃厂，在中国书店买《朱自清年谱》《五四前夕的中国学生运动》。后打车去劲松西口，与刘忠义会面，刘在饭馆宴请，谈得很是投契。他祖籍遵化，也算是小同乡。他约我写唐山震后重组家庭的稿子。2时辞别。

与洁去前门大街，买休闲运动衣一套，78元。又在新华书店买《中国散文史》中册（郭预衡著）。

去陕西巷，洁的姨表哥住在这里，赠他们烧鸡及系列辣酱等物。他们隔壁的一幢二屋小楼是赛金花旧居，他领我们去看，那幢木结构小楼楼上楼下各7间，房甚高。现已住了多户人家。向住户问及赛金花事，他们竟不知赛金花何许人。

晚饭后回卓杰表哥家。

5月25日　星期日，晴

下午，与洁乘火车回保定，表哥和启武送至车站。7时抵保。此次在京购书8本，花去63元。

5月30日　星期五，晴

改写完《到燕南园去》。

抄《藏书的个性》与《我的藏书编目》，寄《旧书交流信息报》。

金双泰、许凤夫妇来，谈书画事，许凤借走蒋碧微《我与徐悲鸿》一书。

去照相馆取在京时的照片，效果不太理想。

给林庚先生写信，寄去照片4张。

誊抄《魏建功手书鲁迅先生诗存》一文。

6月1日　星期日，晴

上午，与育林、志方去郊区米家堤垂钓乐园去钓鱼，我多年未曾钓鱼，今日成绩却不错。在鲫鱼池钓，共钓了11条大鲫鱼。去育秋家午饭。

6月3日　星期二，雨转晴

夜里下起雨来，上午仍未停。

上午，抄完《到燕南园去》，2600字。又抄写《燕园师友记》书稿简介及目录，准备寄给任彦芳，让他在京找出版社。

下午，抄改《编辑家崔道怡》一文。

晚，迅雷、红梅给洁送来生日蛋糕及其他物品。

6月4日　星期四，晴

洁过生日，中午，孩子们来。

上午，抄完《编辑家崔道怡》，2400字。下午，抄改《不悔少作的刘纲纪学长》。

读《朱自清年谱》。

6月5日　星期五，晴

上午，去市干休所访张响涛，赠他著作三本，将整理好的《燕园师友记》部分材料交给他，请他在任彦芳来保定时转交。

6月10日　星期二，晴

准备明日回唐山，午饭后去车站买好明日车票。

下午，任彦芳打电话来，他刚来保定。与洁去彦芳处，畅谈甚欢。张响涛已将《燕园师友记》部分书稿交给他，他极感兴趣，回京后即联系出版社。

晚，约任彦芳、张响涛来家吃饺子，9时余方散。

6月11日　星期三，晴

上午乘车回唐山，下午4时半到。回家见许多信件、报纸，稿酬单有《羊城晚报》210元，《东方文化》256元，《读书人报》160元。《信息大观报》4月18日样报2张，发了我的《金克木：自学成才的学者》。《读书人报》4月18日发了我的《读名人书札》。

6月12日　星期四，晴

上午，去机关，领五、六月工资。得《出版广场》稿酬95元（第2期发了我的《书商与书香》），得《唐山晚报》三篇稿酬47元。

接林庚先生信，接廖静文委托秘书写的信，说她即率团去南方视察，不能见面了。

接南京大学徐雁的约稿信，他主编《都市淘书图》一书，约我写《保定访书录》和《石家庄访书一日记》，定在5月20日前交稿。这早已过了日期。

接刘兰松信。

复印一些材料，剪贴作品。

给徐雁写信，谈未能完成约稿之原因。

给金克木先生写信，寄作品复印件。

6月13日　星期五，晴

上午，王志勇来谈。

抄写《侯仁之与北京历史地理研究》一文。

下午，董国和来，带来托谢其章给我买的《沦陷时期北京文学八年》《琉璃厂杂记》二书。前一本书我找了好久，遍购未得。后一本原想购孙殿起《琉璃厂小志》，他却购来这一本。

复戴天恩信。

6月14日　星期六，晴

晨起，去25号小区旧书市场，见一书摊上有《民主与法制》1981年合订本，内第3期有《林昭之死》一文，这是我寻访多年未得的一本刊物。因摊主不肯拆开卖，只好将合订本买下，4元。

早饭后又去旧书市，买《五四运动回忆录》上下册（1979年出版）10元。

将《魏建功手书鲁迅先生诗存》寄《读书人报》。

复刘兰松信。

6月15日　星期日，晴

将《到燕南园去》寄天津《散文》月刊。

上午，去旧书市场，买《红楼梦学刊》创刊号，5.5元，《港台文学选刊》创刊号，1.5元，买余心著《戏曲论》，此为民国十六年光华书店版，4元。买《清稗类钞选辑》，6.5元。

杏雨、杏云、行吟等来。

6月17日　星期二，晴

将《侯仁之与北京历史地理研究》一文寄《信息大观报》。

《旧书交流信息报》发了《藏书琐谈》之十《藏书的专与博》。

下午，去机关，参加职改考评组会议，我为组长，组员有长正、张学梦、单学鹏、金占亭、杨煜、李金田等。此次文联申报正高职称的有张绍义、孟翔聚二人，申报副高职称的有关仁山（破格）、王家惠二人。

6月18日　星期三，晴

　　上午，找出几封名人的信件复印，其中有1951年巴金给我的信（其时我在芦台中学读高一），1955年冰心给我的信（当时我在北大），1956年陈伯吹给我的信，1965年吴晗的信复印，以便于保存。

　　开始写《巴金谈〈砂丁〉的一封信》。

　　下午去机关，将申报者的答辩材料拿回家，写答辩评语。

　　接上海一位爱书者蒋颖馨的信，这也是我的专栏作品的一位读者。

　　郑战国打电话来说，新华社唐山记者站已撤，他调到《唐山劳动日报》任副总编，王玉娟调《唐山晚报》。

　　晚，给洁打电话。

6月19日　星期四，阴

　　上午，将答辩评语送到机关去，并在几份答辩表上签字。

　　写完《巴金谈〈砂丁〉的一封信》，2400字。

　　给卓杰表哥写信，给任彦芳打电话，给杨立元、王志勇打电话。

6月20日　星期五，晴

　　抄改《乐黛云先生二三事》。

　　接《旧书交流信息报》刘爱萍信并报纸，接《相知》稿酬170元，是发了我的《衣带渐宽终不悔——廖静文和〈徐悲鸿一生〉》一稿，但未接到样刊。

　　复赵曙光、蒋颖馨信。丰南王正宇打电话来。

　　下午，唐山师专杨立元来谈。

6月22日　星期日，晴

　　上午去旧书市场，购《清诒堂文集》，3元。

抄改《毕达可夫和他的〈文艺学引论〉》《沂蒙山的歌者》。

与王正宇通电话，谈去丰南采访事。

6月25日　星期三，阴雨

上午，王正宇接我去丰南，与色织厂厂长赵国苹、工会主席李里、丰南市委宣传部副部长李继莲等见面，中午在海潮饭店午餐。

下午，去胥各庄四街张玉芬家采访，此为震后重组的家庭，张玉芬带着婆婆改嫁过来，一家生活极和谐。

采访后回唐山，写《学友奎曾》一文毕，3600字。

6月26日　星期四，晴

上午，董国和来，借走1981年《新文学史料》，近期的《出版广场》《书屋》及《陈寅恪的最后二十年》。

开始写昨日采访所得，暂名《幸福的不幸之家》，至下午4时，已得4500字。

6月27日　星期五，晴

给彦芳、洁打电话。

接蒋颖馨、卓杰兄信。接《读书人报》寒星信。

继续写《幸福的不幸之家》。

赵曙光寄赠他的散文集《迷离夕照》。

7月1日　星期二，晴

戴天恩寄来几本书：浦江清《清华园日记·西行日记》、赵家璧《编辑忆旧》、《笳吹弦诵在春城——回忆西南联大》，另有寄董国和的《近代名人丛话》，要我转送。

接《信息大观报》稿酬50元（《金克木：自学成才的学者》）。

7月3日　星期四，雨

夜里有雨，白天仍不开晴，整整下了一天。

上午去机关，参加关于艺术精品生产的座谈会。

下午，冒雨去康复教育中心，采访主任杨桂芳，她是"文革"前的北师大毕业生。从2时至5时，谈了三个小时。

7月4日　星期五，晴

下午，参加市政协召开的文化调研会，在会上发言。

读《清华园日记》。

7月5日　星期六，晴

去旧书市场，买《刘鹗及老残游记资料》和《童话》第1辑，共6元。

接7月1日《文论报》，发了我的《诗人张学梦》一文。

给戴天恩、蒋颖馨写信，各寄我的三本书。

给廖静文写信，寄《相知》。复赵曙光信。

下午，在亚都买张紫葛《心香泪酒祭吴宓》，25元。目前，文汇读书周报对此书的真伪问题展开讨论。

晚读《祭吴宓》，感觉出一些不实之处，他写的这个吴宓似不太像真实的吴宓。不过，他所写建国初期的大学中思想改造情况亦颇有参考价值。

7月7日　星期一，晴

抄完《回忆录种种》，800字，寄《旧书交流信息报》。

9时去机关，得廖静文信，她的信流露出悲观情绪。信中有这样的文字："近年来心绪不佳，人生多艰，我终将以悲剧来结束生命。"又说："写条幅之事定当遵命。"

7月8日　星期二，晴

写《近年所得几种稀见书》上、下，各900字。

接江西省修水县文化局刘经富信，他说，他的志向是搜求研究乡贤陈寅恪一家的材料，并以此作为终生治学方向。他又寄来一份打印的《积庐求购书目之一》，3 页。看来，这位青年学人颇有志向与心计，他的文字也富文采。

读《清华园日记》、《祭吴宓》。接林庚先生信。

7 月 10 日　星期四，晴

昨日《信息大观报》发了《侯仁之和北京历史地理研究》一文，寄来样报。

下午，给侯仁之先生写信，寄文章复印件。

复江西修水刘经富信，并将杨树达《积微居友朋书札》中陈寅恪书信 6 通复印寄给他。

给刘忠义写信，给沽打电话。

7 月 17 日　星期四，晴

下午，邹文靖来，带来曹广志的信，并谈他去北大参加校友座谈会的情况，送来北大筹备百年校庆的一些材料。

7 月 18 日　星期五，晴

写《藏书琐谈》第二十一《尺牍的魅力》（750 字），第二十二《关于文人日记》（850 字）。

给曹广志写信，寄北京大学河北校友会表。

7 月 25 日　星期五，晴

蒋颖馨寄赠书 4 本，计有《南朝诗魂》、《古本董解元西厢记》、《胡绳诗存》和《八月的乡村》影印本。

读《沦陷时期北京文学八年》、《收藏》等。

7 月 26 日　星期六，晴

上午去旧书市场，买《近代名人小传》，4 元，此书据 1918

年初版书影印。买《五四运动史》，4 元。

给蒋颖馨、江枫写信。

邹文靖送来《北大校友通讯》。洁打电话来。

7 月 28 日　星期一，晴

今日为唐山地震 21 周年，因为去年 20 周年颇热闹了一番，今年就无甚动静了。20 周年，大概为唐山大地震画上了句号，以后也不会有什么戏可唱了。

接刘经富信并求购书目第 2 辑。

下午，抄改《藏书琐读》中的《传记与年谱》，800 字。

接戴天恩寄来的《胡适年谱》及《浦江清文史杂文集》。

晚，杨立元来谈。

7 月 29 日　星期二，晴

接任彦芳自京来信，谈《燕园师友记》书稿事。他与北大出版社联系，说是百年校庆将至，教授们的著作都排不上号，难以挤上去。他又找到燕山出版社，他们看了书稿简介，颇感兴趣，拟正式研究后列入明年选题计划，赶在北大校庆前出版。此书出版算是有了一些希望。

读《胡适年谱》。

7 月 30 日　星期三，晴

给任彦芳写信，复戴天恩、刘经富信。

下午，写《红楼情结与燕园之恋》一文，拟作《燕园师友记》代序。

曹广志打电话来，谈安排我为河北省北大校友会常务理事之事。

8 月 1 日　星期五，雨

晨 4 时下起大雨，伴以响雷，5 时多雨停，起身外出散步，刚归来，又下起雨来。

上午，写《红楼情结与燕园之恋》毕，2500 字。

下午，抄改旧作《到冰心家中去》。

8 月 2 日　星期六，晴

上午，邹文靖来访，商谈北大唐山校友会事。

下午，改《到冰心家中去》毕，3800 字。

晚，邻居小燕来，谈她的外甥女徐丹在出租车中受伤，在生活上发生极大困难之事，要求我写个材料，呼吁社会救助。遂及给王志勇和杨静打电话，希望杨静通过电台、电视台来呼吁。

8 月 3 日　星期日，晴

上午去旧书市场，买《文学作品插图选》(1979 年版)3 元，《鲁迅旧诗笺注》3 元，这本书品相较差，只是书中夹有一张1951 年石家庄某区开的结婚登记证，具有收藏价值，故购下。

将《藏书琐谈》之十五、十六《传记与年谱》、《回忆录种种》寄《旧书交流信息报》。

写《请伸出热情之手救助小徐丹》一文，抄写二份。

写《忆李厚基学长》毕，3600 字。

洁打电话来，她在给秦辉搬家。

8 月 4 日　星期一，晴

抄改《〈红楼〉杂忆》毕，4400 字。

下午，王志勇带两位北大校友来访，刘从庆，社会学系1991 年毕业，现在市政府信访处工作；李德源，物理系 1994 年毕业，在地税局计算机信息中心。

任彦芳打电话来，他于今日到保定，要我快点去保定。

8 月 7 日　星期四，晴

上午，董国和来谈，带来邓云乡《水流云在琐语》和吴方的《斜阳系缆》二书。

下午，抄改《学生眼中的马寅初校长》。

晚，给廖静文打电话，她正在患腰痛，《相知》杂志未收到。

8月10日　星期日，晴

上午去旧书市场，买《中国近代文学论文集》、《散文创作艺术》，共3元。

给任彦芳打电话告，拟于12号去保定，他要我多带些关于北大的材料。

给刘忠义、曹广志、蒋颖馨等写信。

8月12日　星期二，晴

没有买上游224次车，只好乘628次快车去北京南站，12时多到达，随即又购751次车，15时57分开车。在车站吃烧饼2个，买矿泉水一瓶。下午6时47分到保定，洁来接，打车回家。

8月13日　星期三，晴

上午去任彦芳处，带去我保存了40年的《红楼反右派斗争特刊》1—4辑，和《首都高等学校反右派斗争的伟大胜利》、《向右派开火》二书。畅谈半日，颇欢。

下午，彦芳来谈，留晚饭。谈及《燕园师友记》书稿事，应尽快将稿子整理好，以便交燕山出版社去看。

8月18日　星期一，晴

上午去任彦芳处。

下午，改写《学生眼中的马寅初校长》，此为《燕园师友记》的开篇之作，应该写得好些。

8月20日　星期三，晴

改《学生眼中的马寅初校长》一文毕，比原稿增添了1200

字，已达 4600 字。

看书稿几篇，略加修改。

下午，在经大书社买《胡风回忆录》。

8 月 28 日　星期四，晴

阅改书稿。

上海蒋颖馨寄来《陈寅恪编年事辑》增订本。

9 月 4 日　星期四，晴

编写《燕园师友记》目录，共 47 篇，约 20 万字。

9 月 9 日　星期二，雨

上午，与洁去南市区政府办公室找迅刚，将书稿中未发表过的稿子交他打印，约计 11 万字。

接蒋颖馨信。

9 月 17　星期三，晴

修订书稿。

复蒋颖馨信，寄去签名本书三本。

读《胡风回忆录》。

9 月 19 日　星期五，晴

修订书稿毕。

上午，张响涛来访，他从一家个体书店华孚书社购得上海古籍出版社出版的大本精装《全唐诗》上下册，65 元。书价实便宜。下午，去华孚书社买了《全唐诗》，此为 1994 年重印版。

在书店巧遇申跃中，他就住在附近，拉我去他家。谈至 4时半归。

9 月 23 日　星期二，晴

上午去河大友联书店，买旧书 10 册，10 元。此均为 50 年代初的文学和政治著作，是中国人民大学图书馆的处理书，一捆四五册，每捆售价 5 元。我买的有《夏红秋》、《一个女人翻身的故事》、《马石山上》、《列宁》等。

下午去百城书店，买《中国现代语言学家》第三、第四分册，每册 1 元。

回家时，张响涛刚走，未遇。说是彦芳在安新，一周后回保定。

晚上，任彦芳突然来访，他刚从白洋淀归。他明日去石家庄，两天后回安新，国庆节后回京。

将书稿简介及目录再抄一遍，拟让秦燕打印。

9 月 27 日　星期六，晴

书稿简介打印了三份。下午，去任彦芳处，将书稿简介交给他。他要马上去安新，从那里回京。

10 月 10 日　星期五，晴

今日为重阳节。上午，与洁去参观直隶总督署，"文革"前后，这里是保定地区行政公署，我在里面上班数年，现在已成为保定的名胜古迹，昔日面貌已不复存在。

后又去莲池。

中午，在附近一家小饭馆吃刀削面。

10 月 14 日　星期二，晴

蒋颖馨寄来《贩书经眼录》及《亚洲腹地旅行记》二书。

去百城旧书店，买《高尔基文学论文集》、《中国现代文学运动史料摘编》，共 5 元。

下午，去河大友联书店，又见《中国善本书提要》一部，原已买了两本，今又买下。

10 月 15 日　星期三，晴

上午，抄完《"遗少"与使者》，2400 字，寄广州《南方都市报》。

迅刚送来《燕园师友记》打印稿 10 篇，要我校对。遂即进行校对。

任彦芳自安新打电话来，明日回保定。

接崔道怡信。

10 月 16 日　星期四，晴

上午，将稿子校对完，下午，迅刚又送来 5 篇，将校对好的 10 篇带回。

下午，任彦芳自安新归，因丢了房门钥匙，进不去家，只好住在我家。他写的电视剧本提纲已写出，复印两份，让我看。

10 月 17 日　星期五，晴

上午，校对完稿子，又看彦芳的电视剧本提纲，下午，与他交换意见。

10 月 18 日　星期六，晴

晨起，彦芳回北京。

抄改完《红楼情结与燕园之恋》，寄《北大校友通讯》。

给崔道怡写信。

10 月 23 日　星期四，晴

将迅刚打印的稿子全部校对完。

10 月 25 日　星期六，晴

接戴天恩信，他被选为天府十大藏书家之一。

在经大书店买张中行新著《流年碎影》，归来即读。

10 月 27 日　星期一，晴

晨，王振刚自唐山打电话来，谈孙竹篱的入室弟子李正武拟来唐山举办画展事，要我参与其事。李正武为成都中年画家。

10 月 29 日　星期三，晴

上午，任彦芳自京打电话来告，《燕园师友记》书稿简介已到了燕山出版社总编赵珩处，他看了极感兴趣，催送书稿去。

10 月 31 日　星期五，晴

迅刚将全部打印稿复印两份送来，并有软盘两件。再看一遍打印稿。

11 月 1 日　星期六，晴

看完全部书稿。

给王振刚打电话，谈李正武画展事。

11 月 2 日　星期日，晴

上午，将《燕园师友记》中已发表过的稿子复印一份，花17 元。整理出两份书稿，拟明日送至北京燕山出版社。

晚，给任彦芳打电话，告明日去京。

11 月 3 日　星期一，晴

晨起，乘火车去京，中午 11 时到北京南站，遂即去中国评剧院访任彦芳，他说，书稿简介已经燕山出版社研究，决定出版。

下午 2 时半，与彦芳去西城燕山社，见总编赵珩及王伟，将书稿交给赵珩，赵说，拟将此书编入"北京旧闻丛书"，明年4 月可出书，稿酬为千字 25 元，发稿前签订出版合同。

4 时半辞出，打车去木樨园长途汽车站，乘高速公路的长途车回保，8 时 15 分到。

11月4日　星期二，晴

上午，去友联书店，买《千顷堂书目》一册，原价29.6元，特价8折，24元。

以后准备长住保定，下午在邮局订明年的报刊，有《中华读书报》、《文汇读书周报》、《文论报》、《健康文摘报》和《书城》杂志5种，全年订报费211.08元。

11月6日　星期四，晴

上午去邮局发信，见《散文》月刊第11期发了我的《到燕南园去》，买两本。

接蒋颖馨、刘经富信。

刘兰松自承德打电话来，要我为他的散文集《凝望》写序。

读《流年碎影》。

11月7日　星期五，晴

晨起，王振刚打电话来告，李正武画展定在本月底，在省轻工业学校展室。他要我给文联主席李风桐打电话，请文联也作为主办单位之一。我遂即给李风桐打电话，他答应了。

上午，将《中国善本书提要》用挂号寄上海蒋颖馨，邮费5.4元，又给蒋颖馨写信。

11月9日　星期日，晴

给王振刚打电话，他说，李正武画展初步定在本月26日，因有许多事要办，要我最晚于本月12日回唐。

11月12日　星期三，阴

晨起，洁送我去车站，乘慢车去北京南站，再乘627次车去唐山，下午七时抵唐。

在家中翻阅信件、报纸。除《旧书交流信息报》发了6篇稿子外，尚有9月10日《羊城晚报》发的《管桦的乡土情结》一文。

11 月 13 日　星期四, 晴

　　上午去机关, 见一堆信件。《出版广场》第 5 期发了我的《福建才子谢冕与张炯》, 寄样刊 2 册, 刘兰松寄散文集《凝望》清样来, 要我写序。

　　董国和来访。下午去西山楼王振刚家, 研究李正武画展事。奚学瑶打电话来。

11 月 14 日　星期五, 晴

　　接青岛华夏文化艺术传播中心为现代文学馆装饰的表格, 每位作家写上关于文学的一句话。我写的是:

　　文学是人类情感和社会历史的艺术记录, 当永远为人类文明所需。

　　写完后寄出。

　　去张学梦家。

　　下午, 复印材料, 剪贴发表的作品。

　　填写《中国文房四宝及文学艺术家辞典》条目。

　　刘兰松打电话来。给洁打电话。

11 月 15 日　星期六, 阴

　　上午去旧书市场, 已由 25 号小区迁到文化宫西侧的花卉市场, 距家更近些了。买 1929 年出版的《图书馆学季刊》第 3 卷 4 期, 10 元。《美术研究》1986 年 1 期 "吴作人艺术活动六十年" 专号。

　　下午, 给奚学瑶写信, 寄《福建才子谢冕与张炯》复印件。

　　给邹文靖打电话, 谈北大校友会事。

　　继续为自藏民国版书刊编目。王志勇、杨立元先后来谈。

11 月 17 日　星期一, 晴

　　上午去机关, 与张学梦、金占亭闲谈。

下午去机关，开会研究李正武画展有关事宜，参加者有李凤桐、白涤非、武耀宗、王振刚夫妇等人。

11月18日　星期二，晴

上午，为刘兰松《凝望》写序。抄改《孙竹篱论画与作画》一文。给廖静文写信，再寄《相知》一册。

复丰南朱继经信。

11月19日　星期三，晴

上午，与王振刚夫妇去轻工业学校，看该校美术教师张俊来画展，并与他研究李正武画展的有关事宜。张请我写画展的前言。

下午去新华书店，买《清鉴易知录》上下册，13.9元，《墨林今话》13元。二书皆为黄山书社1992年版，前者只印600部，后者印400部，皆有收藏价值。

接蒋颖馨信。

11月20日　星期四，晴

上午，去唐山劳动日报社访郑战国，他又唤来日报文艺部主任潘石，晚报文艺部主任徐国强和搞美术的阎贵明等人，一同研究作好李正武画展宣传之事，商定在日报上发消息、李正武的画和我的评论文章，晚报发李正武画和专访。

接《读书人报》稿酬200元，发了我的《魏建功手书鲁迅先生诗存》。

下午，董国和来谈，带来姜德明的《书摊梦寻》等书。

抄完《孙竹篱论画与作画》一文，5000字。

11月21日　星期五，晴

上午去机关，与金占亭谈天。

写《李正武和他的画》。

下午，王志勇来谈。

晚，给洁打电话，她说《南方都市报》寄来样报，发了我的《"遗少"与使者》一文。

11月22日　星期六，阴

上午去邮局领《读书人报》汇款，给中国作家协会汇去会费100元。

下午，李正武一行5人到唐山，住唐山宾馆910房间。与王振刚夫妇赶到宾馆。

李正武赠我由四川美术出版社刚出版的《孙竹篱画精选》。印制极精美，定价180元，又赠《竹篱诗文集》一册。同来的青年女诗人王旭全赠她的诗集《人在尘世》，她是射洪人。同来的另三位是企业家。

11月23日　星期日，阴

上午，与李正武等去轻工业学校展厅，研究展出事。后去王振刚家，又去抗震纪念碑广场参观，照相数枚。

中午，王振刚夫妇为四川客人在川菜城接风。李正武又送好茶一盒。下午，为李正武水墨艺术展写前言。

11月24日　星期一，晴

上午，将刘兰松书稿及序挂号寄回。

下午，去机关，参加离退休干部党员会，讨论杨煜入党问题。接《出版广场》稿酬225元。晚，给洁打电话。

11月25日　星期二，阴雨

下午，在文联会议室召开李正武画展记者招待会。李正武向每位记者赠画一幅。

晚，参加新都酒楼宴会，中国诗书画研究院院长何首巫和《人民文学》雷震来参加画展。

接《文论报》稿酬 60 元。

11 月 26 日　星期三，晴

上午，李正武水墨画展开幕。

中午宴会。

饭后同去王振刚家，研究今后几天的活动安排。

晚，洁打电话来，她于 28 日来唐。

11 月 28 日　星期五，晴

上午去报社，在郑战国处取今日报纸数张，我的《李正武和他的画》发在今日报纸上。下午，洁自保定来，去车站接。

11 月 29 日　星期六，晴

晚，与洁去宾馆，会见李正武，洁赠他象牙筷子两双，《墨林今话》一册。李正武当场作画，画白梅赠洁。

11 月 30 日　星期日，大雪

下午 2 时半，去唐山博物馆参加李正武赠画仪式，后参观博物馆。

下起雪来，雪很大。

晚，在金盾酒店参加李正武答谢宴会，在宴会上，李正武赠画一幅。

12 月 1 日　星期一，晴

上午，与洁去王振刚家，与李正武等共同研究撰写孙竹篱传等事项，我拿出了一个计划方案，大家均同意。

中午，与洁在物资宾馆宴请李正武一行和王振刚夫妇，文联杨永家作陪，由金龙安排，从家中带茅台酒一瓶，花 400 元。

下午，又去王振刚家。

12月2日　星期二，晴

抄改《恋书情结与学人立业》一文。

李正武等明日去京，晚，与洁去宾馆看望李正武一行，话别。

12月3日　星期三，晴

接《读书人报》2份。

抄完《赠书情谊》，这是《藏书琐谈》之廿三，为今年最后一篇。

给魏至写信，寄《读书人报》一份，因有《魏建功手书鲁迅先生诗存》一文，送他存念。

复蒋颖馨信，寄《到燕南园去》复印件。

下午，与洁去百货大楼，后去新华书店，再买《墨林今话》一册，自己收藏。

12月4日　星期四，晴

上午，起草了《关于撰写、编纂、出版孙竹篱艺术精神著作的构想》一文。

给张中行先生写信，寄《"遗少"与使者》一文复印件。因久不同靳飞联系，希望靳飞从东京回北京时能从中行先生处见到此文。

给戴天恩写信。

12月8日　星期一，晴

上午去机关，见关仁山，他赠我小说集《大雪无乡》一册。

抄改《到冰心家中去》，2000字，寄《信息大观报》。

12月9日　星期二，晴

开始写《学贯中西者的学术归宿》一文。

下午，王振刚夫妇来，赠送李正武画展上的较大幅画一张。

董国和来访，带来邓云乡《水流云在书话》，借去1988年

2、3、4 期《新文学史料》。

12 月 15 日　星期一，晴

上午去机关，与张学梦谈天。

赵曙光寄来他的小说集《走远了夕阳》，并代王磊寄《王磊行吟集》。

汇款 48 元给《新文学史料》，40 元给《东方文化》，续订明年刊物。

12 月 17 日　星期三，晴

今日唐山劳动日报发表唐山市住房改革明年加大步伐的消息，房租由每平方米 1.28 元增至 1.5 元，公房出售旧办法延至明年 2 月底，3 月 1 日起按河北省新办法执行。

上午去机关，与张学梦、白涤非等谈买房事，他们皆倾向于买。

12 月 19 日　星期五，晴

上午，与洁乘游 224 次车去保定。

得蒋颖馨、刘经富信及魏至明信片，另有邮件通知单两张。

12 月 20 日　星期六，晴

上午去投递科领邮件，一是蒋颖馨寄来的《明代版刻综录》一函八册。一是《旧书交流信息报》刘爱萍的快件，她约我明年继续为报纸写专栏，选题有二，任我挑选，即"作家与旧书"和"淘书见闻录"。

与洁去秦燕家，送她李正武画一幅。下午去连堂大哥家。

12 月 22 日　星期一，晴

复刘爱萍信，定明年开《淘书见闻录》专栏。

写《淘书见闻录》之一《旧书摊之恋》，900 字。

12月23日　星期二，晴

复蒋颖馨信。接段伟中信，寄来有关北大的图片数张，拟从中挑选可做《燕园师友记》封面的照片。

下午，邮局来安装信箱一个，但嫌小些。

12月25日　星期四，晴

戴天恩寄来郑超麟《怀旧集》及《工作与学习》（抗战期间胡风主编的刊物）影印本。

晚，张响涛来，一同去任彦芳处，彦芳刚来保定。

12月26日　星期五，晴

午后，任彦芳来，稍坐即去。他明日去石家庄，31日前回京，约定1月5日去京，去燕山出版社订出版合同。

12月29日　星期一，晴

写《淘书见闻录》之二《旧书业的兴衰》，900字；之三《培育规范旧书市场》，900字。

给卓杰表哥写信，告1月5日去京。

12月30日　星期二，晴

上午，给燕山出版社总编赵珩打电话，告1月5日去签订出版合同。

给魏至写信。

1998 年日记

1月4日　星期日，晴大风

　　上午，写《淘书见闻录》之四《书店里的非淘书者》，800字，之五《在书店里遇何其芳》，900字。

　　明日去京，买符离集扒鸡及槐茂酱菜几种，明日带给卓杰表哥。

　　接蒋颖馨信。

1月5日　星期一，晴

　　上午11时乘慢车去京，下午4时到，去卓杰表哥家住下。

　　给任彦芳打电话，联系明日去燕山出版社事。

1月6日　星期二，晴

　　上午，去中国评剧院找任彦芳，一同去燕山出版社。总编赵珩患眼疾去医院，未来上班。见到《燕园师友记》责任编辑赵晓东。他说，签合同必须由出版社法人代表社长签字，社长任德山今日去市文物局开会了，因而今日不能签。将一组北大图片交给赵晓东，作为设计封面时的参考。

　　与彦芳同至他家中吃午饭。

　　去琉璃厂邃雅斋，购书5本，计有《胡适日记》、《梅贻琦与清华大学》、《曹靖华书信集》、《俞平伯周颖南通信集》、《叶圣陶周颖南通信集》，共43元。

1月7日　星期三，晴

　　任彦芳的女儿任寰要为她供职的北京电视台拍人物片，邀我们一起去北大访问林庚先生，因我与林先生相熟，故邀我同去，作为引荐。她在北大读书四年，竟未曾见过林先生。

上午9时，到北大，彦芳、任寰及录像者均去，10时到燕南园林庚先生家。

林先生谈兴很浓，谈至11时半。任寰问了许多问题，诸如在清华读书，当朱自清助教，30年代清华教师的生活状况，乃至林先生的恋爱、结婚等情况，林先生都一一作答。

当问及林先生现在的经济收入时，他说，连工资带各种补贴、津贴在内，每月是1800元。但同50年代相比，他的生活水准已经大大降低了。50年代，他月工资300多元，家中雇着两个保姆，现在，他只雇着一个钟点工，每日半天时间来上班，一个月的工资就是五六百元。因而同学们都说："林先生的问题就是穷。"林先生在谈及某某教授出国讲学时，便说："他脱贫去了。"林先生的老伴已逝世几年，现在只有一个外孙的一家跟他同住，白天都去上班，只剩下他自己，由钟点工来买菜、做饭、收拾屋子，等外孙下班回来，钟点工便走了。

想起林先生这样的老学者目前的境遇，心中很觉不是滋味。

从林先生家出来，任寰拉我们去北京电视台红绿蓝宾馆餐厅午餐，彦芳的儿子任新也来了，他请我们吃饭。

晚，给任德山家中挂电话，他明日去社里。

1月8日　星期四，晴

上午，去燕山出版社，与赵晓东签订《燕园师友记》的出版合同，稿酬千字30元，4月30日前出版。后由社长签字盖章。

下午3时，与任彦芳一同乘火车回保定。

1月19日　星期一，晴

开始写回忆大学生活的长篇纪实作品《负笈燕园》。去年夏天开了个头，便停下来，但一直想写下去。现在，《燕园师友记》出版在即，可以腾出手来写这个东西了。这是我多年来的愿望，希望能坚持写下去。今后，应该两条腿走路，长短兼顾，过去几年，写短文较多，今后要写长篇了。如每月能写5万字，半年便可写完。上半年如能写完《负笈燕园》，下半年便可动手写反映20世纪中国知识分子生存状态和历史命运的多部长篇小说了。

晚读《流年碎影》。

1月21日　星期三，晴

上午写《负笈燕园》。

任彦芳自京打电话来，他问过燕山出版社赵晓东，《燕园师友记》春节前可发排，他们未曾撤稿，所有的稿子全部编入。

《中华读书报》载，邓广铭教授于1998年1月10日逝世，享年91岁。想起邓先生给我们讲授"中国通史"课时的情景，不禁凄然。

张清常教授于1月11日逝世，享年83岁。

1月23日　星期五，晴

上午，写完《负笈燕园》第一章《初进燕园》，得9000字，又写第二章《名师荟萃》。

下午，去多闻图书中心，买《龙虫并雕斋琐语》，10元；《吕振羽评传》，4.95元。

给江枫写信。

1月27日　星期二，晴

今天是农历腊月廿九，因是小月，故为除夕。上午，写《负笈燕园》几页，又上街买菜。

中午，孩子们来，一起过年。

晚，明杰夫妇来。

夜里爆竹声不少，今年又恢复了放炮。

2月2日　星期一，晴

晨起至上午，写《负笈燕园》，已得2万多字。

上午，燕洁夫妇自徐水来，明杰、秦辉、秦燕等来。

下午，张学梦自唐山打电话来，谈买房事。

2月3日　星期二，晴

晨起及早饭后，写《负笈燕园》，忽觉头晕目眩，遂躺在床上静息，全天皆不能工作。

接蒋颖馨信及照片。

2月4日　星期三，晴

今日为立春，又是春节后的上班日。头稍清楚了些，再服牛黄清心片。上午，到青年路去，在经大书店买了《胡风传》、《朱自清与陈竹隐》，皆为8.5折，共17元。

下午去谢千家，畅谈甚欢。

2月6日　星期五，晴

头晕已愈，上午恢复了《负笈燕园》的写作。

连堂兄嫂来。

《旧书交流信息报》转来青岛计伟的一封信。计伟对我在"旧报"上的专栏文章多赞誉之辞，他从《赠书情谊》中了解我赠蒋颖馨《中国善本书提要》的事，托我为他购此书。

2月8日　星期日，晴

上午写《负笈燕园》。

下午去河大两家书店，《中国善本书提要》已售罄。买周少川《中华典籍与传统文化》一书，13元。

晚，小风打电话来，言收到的汇票有《羊城晚报》180元，

《散文》150 元，《唐山劳动日报》20 元。

2 月 9 日　星期一，晴

上午写完《负笈燕园》第二章，共 113 页，3.4 万字，又开始写第三章《朝朝暮暮》。

复青岛计伟信。

下午去多闻图书中心，买《简明出版百科辞典》12.5 元，《南社人物吟评》11.6 元，《吴江沈氏长次二公剩稿》，7.8 元。此二书皆为国际南社学会"南社丛书"，前者只印 1200 册，后者印 1000 册，称得上是稀见书。

归来时路过城隍庙街紫河套一带，已是群楼林立，旧日面貌不复再见。想起五六十年代在这里淘旧书，觅得不少现代文学作品初版本的情况，使人顿生沧桑之感。

2 月 12 日　星期四，晴

上午写《负笈燕园》，已得 4 万字。

拟在明日回唐山办理买旧公房事，上街买些物品带回。

2 月 13 日　星期五，晴

早饭后，与洁去车站，同乘保定至京南慢车，洁去涿州澄心姐家，我去唐山。晚 7 时多抵唐山，金龙来接。

2 月 14 日　星期六，晴

上午去张学梦家，商量购房事。

去旧书市场，买《中国近代文学史事编年》，4.5 元，后去邮局取汇款。

2 月 16 日　星期一，晴

上午去机关，得张中行先生信并贺年片，得林庚先生贺年卡，《出版广场》第 2 期。

与张学梦一起去办购房手续，下午2时去房管局大楼，排队颇久。核实工龄为81年（与洁的工龄相加），我42年（包括大学读书四年），洁39年，核实交款8732元。张学梦二人工龄为57年，应交款11800元。

2月17日　星期二，晴

下午，与张学梦一同去房管局交款，手续繁多。

刘宝池、王正宇自丰南打电话来。

2月19日　星期四，晴

上午，抄改《洒播牵牛花记》，1400字。

将《追怀周祖谟先生》寄《东方文化》，《巴金谈〈砂丁〉的一封信》寄《读书人报》，《洒播牵牛花记》寄《羊城晚报》。三稿均寄广州。

给张中行、奚学瑶写信。

阅读《文教资料》中关于魏建功先生的资料。

2月20日　星期五，阴

给任彦芳写信。

整理已发表过的散文作品，拟编一本散文集，一本书话集，复印部分剪报。

下午，复印材料，印名片。

杨立元来谈。

2月21日　星期六，晴

上午去旧书市场，买《新文学史料》1988年第1期（缺此期），2.5元；在亚都书店买《傅斯年印象》，14元。

邹文靖来访，送来北京大学河北校友会名录。

填写北大校友登记卡，寄北大中文系办公室刘栋。

2月22日　星期日，晴

早饭后去旧书市场，买《五四爱国运动》，3元，《共产党宣言》土纸本（1949年3月解放社），4元。在亚都书店买《钱玄同印象》，13.5元。

郭淑敏寄来《菩提心》第6期。

给廖静文写信。

剪贴旧报，编散文集和书话集。

读《傅斯年印象》、《钱玄同印象》

2月24日　星期二，晴

上午，写《圆梦燕南园》毕，2200字。奚学瑶自秦市打电话来，他正在写《燕园师友记》的评论文章。

写《淘书见闻录》之九《失之交臂的书》，800字。

2月25日　星期三，晴

上午，去房管局领取土地占有证，又去办房产证手续，一个星期后方能取。

抄改《圆梦燕南园》，2400字。

写《燕东园之忆》，未竟。

2月26日　星期四，晴

患感冒。

写完散文《燕东园之忆》，又改写一遍，得3200字。

2月28日　星期六，晴

上午去旧书市场，买《水木清华的眷恋》，2元。

写《旧书业的复兴与市场培育》一文，已得6000字。

3月3日　星期二，晴

上午，去房管局领取房产所有权证，至此，购房手续全部办完。

　　读《鲁迅生平史料汇编》第3辑。

　　写完《古旧书业的兴衰与前瞻》一文，7000字。

3月6日　星期五，晴

　　李凤桐从省里开会回来，带来张庆田赠我的长篇小说《战火纷飞的年代》上中下三册。

　　拟明日回保定，今日买了车票。

3月7日　星期六，晴

　　上午，金龙送我上车站，带了许多书和稿纸，还有些食品，行李颇重。下午4时抵保，洁来接。

　　回家后，见张中行、蒋颖馨、计伟、戴天恩、刘经富（二封）等人信，并《旧书交流信息报》两包，从今年起，每期赠我20份。

　　任彦芳正在保定写《人怨》，他过来吃晚饭。

　　洁操持打了两个书架，尚未油漆。

3月9日　星期一，晴

　　上午，与洁去家具店看写字台。

　　去多闻图书中心，买《中外出版史》，8.5元；《六十年出版风云散记》，7元。

　　复戴天恩、计伟信。

3月11日　星期三，晴

　　抄改《圆梦燕南园》。

　　刘淑文打电话告：金占亭因做心脏搭桥手术，今日突然逝世，终年54岁。对这不幸的消息感到突然，前几日在唐山时，听说他要住工人医院做手术，没想到却突然离去。我从此又失去了一个可以谈谈的朋友。

张响涛来谈。

3月12日　星期四，晴

下午去任彦芳处，他已写完《人怨》，明日回京。

本期《中华读书报》一版头条新闻是《出版界劲吹北大百年风》，报道在北大百年校庆之时，有关北大的书将出版50种之多，有《北大往事》、《北大旧事》、《北京大学纪事》等。不知《燕园师友记》包括在内否？

3月13日　星期五，晴

书架油漆已干，移书上架。

奚学瑶打电话来，他写的《燕园师友记》评论文章已写完，正在打印，打印后寄上，并拟给河北日报，光明日报等处。张辉利也插话，问及金占亭猝死事。

3月16日　星期一，晴

上午，任彦芳自京打电话来，他已找过赵晓东，赵说《燕园师友记》二校已毕，下星期一是否可去看三校，让我同赵联系一下。

下午，与洁去体育场家具城，买写字台一个，400元。

3月18日　星期三，阴雨

奚学瑶寄来评《燕园师友记》的《感受北大的文化气场》打印稿3份，他已寄光明日报、河北日报、北京大学校报等处。

下午，抄完《像大地一样丰腴而质朴——忆杨晦先生》一文，4800字，拟寄北大中文系百年校庆筹备办公室。

下午雨，晚给奚学瑶打电话。

接计伟信，仍是用蝇头小楷写的，这个青年人字写得很好，文笔亦佳，是个做学问的人。

3月20日　星期五，晴

上午，任彦芳自京打电话来，让我下周去京看三校稿时到他那里去一下，一位朋友编爱国主义丛书，想发一部分。

3月22日　星期日，晴

上午，江枫自京打电话来。

下午，给赵晓东家中打电话，他说三校稿已出，要我明日去京。

3月23日　星期一，晴

上午去京，径直去燕山社，取来三校稿，即去任彦芳家。他说书商金戈见到了《燕园师友记》书稿（我的另一份打印稿在彦芳处，金戈从他那里看到了书稿），很感兴趣，欲与燕山社合出。我不同意，我不太相信书商。

5时多回保定。开信箱，得《读书人报》（3月3日）2份，发了《巴金谈〈砂丁〉的一封信》。

晚上开始校书稿，共259页，删去了原稿中的《博大精深的语言学家群》和《其翼若垂天之云》二篇，因内容、文字同其他篇有重复。

夜12时半，被电话铃惊醒，起来接电话，是北京书商金戈打来的。他说，他看过了《燕园师友记》书稿，他愿意出版，一周即可出书，稿酬要比燕山社高得多。我说，已与燕山订了出版合同，且已经三校，我不能违约。他说：也可以同燕山合作，他们的印数会很多。我不同意，告诉他，我去京可以同他见面，以后可以合作。

接完电话，睡不安生，我不愿书商插手进来，怕弄不好反误了事。

3月24日　星期二，晴

全天校书稿，晚校完。错处不多，唯《陋室赋》一篇漏排了原稿中的一页，约三四百字。

晨起6时，呼彦芳，让他速从书商处将书稿打印稿要回，并回电。8时，彦芳回电，将情况告诉他。

3月26日　星期四，晴

上午去北京，将校对稿交给赵晓东，又去任彦芳家。彦芳带我去白塔寺一胡同内某招待所见金戈，他们租住了某招待所的几间屋子，有电脑打字、印刷各种人员，出了好多书。彦芳的《人怨》即由他们出，7天即可印出。谈了一会儿便辞出。

乘551次车回保定。

3月27日　星期五，阴

给北大中文系百年校庆办公室寄我的《芦笛集》、《紫骝斋文学论评》、《勇敢者的伊甸园》等书及稿件《像大地一样丰腴而质朴——忆杨晦先生》。

接《读书人报》稿酬280元。

复蒋颖馨信。

3月29日　星期六，晴

抄写《淘书见闻录》之六《买书先翻版权页》、之七《失之交臂的书》寄《旧书交流信息报》。

下午，恢复了《负笈燕园》的写作。由于去唐山购房，耽误了一个多月，今日将手头的事做完，又恢复了这项工作，今后要加快速度，争取在六七月份完成。

3月31日　星期二，雨

写《负笈燕园》。

王志勇自唐山打电话来。

晚，苑纪久打电话来，他从石家庄来到保定，明日回高阳，一二日回来后再见面。

天气已暖，迁回3号楼来住，新收拾出了一间书房，这里已焕然一新了。

4月1日　星期三，晴

写《负笈燕园》。

奚学瑶打电话来。

下午去多闻图书中心，买《南社丛刊第23、第24集未刊稿》，15.9元。在旧书部买《河北古代书林》，2.4元；《冀东书刊史料》，5元。

4月2日　星期四，晴

上午，写《负笈燕园》。

连堂兄嫂过来午饭。

张响涛打电话来，苑纪久已来保定，在他家里，让我和洁去他那里晚餐。与洁去张响涛家，约定明日中午他与纪久来我家吃饺子。

接北大中文系邀请信，邀请参加5月1日至6日的"五四精神与21世纪中国文化展望"学术研讨会，并参加百年校庆活动。

4月3日　星期五，晴

上午，给北大中文系百年校庆办公室刘栋寄回执。

苑纪久、张响涛来，中午包饺子。饭后，苑纪久回石家庄。

接戴天恩信。

4月9日　星期四，晴

上午写《负笈燕园》3000字。

下午去友联书店和河大出版社书店，买鲁迅《集外集拾遗补编》，13.7元；臧克家《诗与生活》（香港三联版），9元；《钱南园传》，13.2 元。买中国地图挂图一张，5 元。

晚 10 时半，段伟中自北大中关园打电话来，他说，现已知参加百年校庆的我班同学有山东的丁尔纲，三门峡的韩名显，广西的黄海澄，武汉的张永仁等。

4 月 11 日　星期六，小雨

写《负笈燕园》5000 多字。

接计伟信、照片及条幅，接蒋颖馨信。

晚读《诗与生活》。

4 月 13 日　星期一，晴

写《负笈燕园》3600 字。

给燕山出版社赵晓东打电话，问《燕园师友记》出版事，他说，进展顺利，20 日左右可印出。

柳絮漫天飞舞，地上如积雪。

下午，张响涛来谈，研讨他为保定日报所写古代保定籍诗人作品之事。

4 月 16 日　星期四，晴

上午写《负笈燕园》。

下午理发，后去多闻图书中心，买《陈布雷外传》、《桐城古文学派小史》（魏际昌著）。

去百城书店，见新到一批 50 年代旧书，多为文学类书，皆钤有"刘喜安印"图章，堆放在地上，店主说是从刘喜安家收来的。我翻检出 19 本，多为初版书，但品相皆不佳，都是主人读过的。计有孙犁《铁木前传》、《文学短论》（续编），康濯（正月新春），冯至《西郊集》，陶承《我的一家》，罗广斌等《在烈火中永生》，申跃中《大年初二》，从维熙《曙光升起的早晨》，田涛《灾魂》，冰心《归来以后》，沙鸥《谈诗第三集》，靳以《过去的脚印》,《跃进与回忆》创刊号,《外国文学》创刊号,《文学丛刊》第二辑,《新儿女英雄传》,《运河的桨声》(刘绍棠),高尔基的《三人》,吴景洲《故宫盗宝案真相》等,共 25 元,可谓便宜至极。

4 月 17 日　星期五,晴

上午写《负笈燕园》,已得 9 万字。

奚学瑶打电话来。

下午再去百城书店,又选书 11 本,18 元,计有李达著《社会学大纲》5 册,土纸本,新华书店 1948 年 5 月翻印;1950 年开明版《文法与作文》、《战斗的声音》、《鲁迅讲学在西安》、《明清两朝直隶书籍样行录》(前已购一本);高尔基《文学写照》、《没用人的一生》等。

4 月 20 日　星期一,晴

上午,给赵珩打电话,书尚未出来。

写《负笈燕园》5000 余字。

晚,秦燕自广州打电话来,谈古画事,又打电话给她。

将奚学瑶评论寄《读书人报》。

4 月 21 日　星期二,晴

上午写《负笈燕园》。

下午,去友联书店,买《敬孚类稿》,10.5 元。此为安徽古籍丛书之一,黄山书社 1992 年版,仅印 2000 册。作者萧穆(敬孚)为清代目录校雠学家(1834—1904)。

4 月 25 日　星期六,晴

写《负笈燕园》。

戴天恩寄来《胡适著译系年目录》等三书。

给赵晓东打电话,问书事,他说刚出差回来,未到社里去，不知情况，只好等星期一再说。北大校庆在即，书仍未出版，很是焦急。

给张中行先生打电话，他声音洪亮，反应灵敏，89岁高龄之人，实乃奇迹。

给成都戴天恩、烟台赵曙光、秦皇岛奚学瑶打电话。

给廖静文写信。

将《淘书见闻录》之八《旧书商的眼力》寄《旧书交流信息报》。

4月26日　星期日，晴

上午，去公园路新开辟的古物市场，见一家古旧书店，在店中购得《中国文学艺术工作者第三次代表大会资料》10元，《张伯苓纪念文集》4元，《朱自清选集》(1952年开明版)5元。店中有两架文革书刊资料，店主自称是"文革"专卖店。

店主侯玉玺说，家中有大批旧书，欢迎我去看。与他交换名片。

写《负笈燕园》。

下午，戴天恩自成都打电话来，顾潮著《历劫终教志不灰——我的父亲顾颉刚》已买到，是书店里的最后一本，他已寄给我。他托我去京时为他购《邵燕祥诗选》和唐湜诗集《蓝色的十四行》。

4月27日　星期一，阴

上午给赵晓东打电话，又给燕山社出版科马洪波打电话问询，他说明日印刷厂送书来，后天可来取样书。

接中央电视台社教中心专题部滕玉虹电话，说"五四"要给廖静文拍专题片，向我索要50年代在北大的合影照片，并要我参加他们的活动，校庆时，在未名湖边拍摄老同学们的活动录像。她又说，廖静文明日去深圳，"五四"前便回京。

给廖静文打电话，打数次，皆无线，打不进去，不知何故。

给段伟中、刘卓杰写信。

写《负笈燕园》。

4月28日　星期二，雨

上午，苑纪久打电话来，张响涛来谈。

写《负笈燕园》。

给燕山出版社出版科打电话，人都不在。北京正在下雨，想来印刷厂亦不能给出版社送书了，明日也就不能去京取样书了。听天气预报，北京明、后两天仍有雨，书真要延误了，如"五四"不能带书到北大去，实是大煞风景。奈何！

接刘经富信。

4月29日　星期三，阴雨

上午写《负笈燕园》。

下午，给燕山出版社出版科打电话，前后共三次，印刷厂才送书来，定明日去取样书。

给任彦芳、江枫打电话。

4月30日　星期四，阴雨

上午，与洁乘532次车去京，车上人很挤，无座位，且晚点，到达燕山出版社时已是中午时分了，任彦芳已在那里等候。

《燕园师友记》一书印刷颇精美、淡雅，5000册，19万字。得样书25本。我要买的150册须在5月4日上班后才能提取。赵珩托彦芳给北大打电话，拟在校庆时去北大签名售书。彦芳联系了几个地方，才知原定（媒体早已宣传）在校庆时举办北大书市的事又被临时取消了（据说是为安全计）。

赠任彦芳书，并托他给北大中文系带去一本。

下午 3 时到北京南站。明日是五一，车站上人极多，买不上快车票，只得乘 763 次慢车，到保定已是 10 时了。

天下大雨，路上积水甚多，找不到出租车，遇到一个人力三轮车，便乘坐回家。

5 月 2 日　星期六，晴

晨起，随育秋一家去京旅游，有连堂兄嫂，洁、育秋、育芙、育林等多人乘一面包车去房山银狐洞，中午吃野味餐，后又去天坛，然后送我去卓杰表哥家。连堂、育林亦去，稍待即离去。我住在表哥家，准备在京参加北大校庆活动。

5 月 3 日　星期日。晴

北大百年校庆已经成了国家大事，明日将在人民大会堂举行纪念大会，闻校庆期间将有 5 万多校友返校，南方且有北大校友来京的专列，北大校内外将举办多种活动。我拟在北大盘桓两日，感受一下热烈气氛，并寻访往日的足迹，追寻逝去的回忆，这对我正在写作的《负笈燕园》一书是有好处的。另外，我还要乘此机会多买些关于北大的书。

早早便从表哥家中出来，匆匆吃了早点，便乘车去西郊，到了北大南门，校园里到处是熙熙攘攘的人群了，大家皆步履匆匆，向校园里涌去。

在学生宿舍区，摆列着许多售书台摊，正在售新出版的关于北大的书。书市虽已取消，这里只是北大出版社以及风入松等少数几家与北大有关系的书店在卖书，还有一摊，卖各种纪念品和材料的。在北大出版社的书台，我买了《我与北大》、《老北大的故事》、《北大校长与中国文化》、《北京大学创办史实考源》、《北大老照片》、《蔡元培年谱》上下册等书。又见《北京大学纪事》上下册，北大出版社内部发行，翻了翻，觉得极有用，但定价为150元，实舍不得去买。后来还是买下，花去120元。这些新书皆是8折出售给校友。又买了些纪念品，如各种纪念章等。买书花去200多元。

到5院中文系办公室进行登记，领取校友卡及一袋材料。

去中关园访段伟中，中午在他家吃饭。他告诉我，明日上午我班同学在旧地学楼110号教室会面。丁尔纲已到，住在他家。

下午5时离开北大回城里。

5月4日　星期一，晴

早晨起得很早，便上了一辆去颐和园的中巴车，车上已坐了不少人，也有戴校友卡的北大人。车行至人民大学那里，便有交通警挡住，禁止前行，前面已戒严。司机拿了我的校友卡，对警察说："车上是参加北大校庆的。"并举起校友卡给警察看，警察便放行了。司机高兴地说："沾了北大的光啦！"

7时，从北大南门下了车，今日门禁较严，门口全是警察和校卫队人员，我们戴着校友卡，拎着有北京大学字样的文件袋，便自由进入了。

校园里人特多，摩肩接踵，如赶庙会的一样。行至学生宿舍，见许多摊点，有些地方排了很长的队，走近去看，原来是发行北大百年校庆纪念邮票，以及首日封、纪念邮票集等，那邮票集很贵，无兴趣去买，便走开。

见有卖《北大校友通讯》第24期百年校庆专号的，翻了翻，见发了我的《红楼情结与燕园之恋》一文，遂买了二册（每册10元）。

去5院中文系办公室，那里十分热闹，均是中文系校友，向工作人员打听55级聚会的教室，准备去找谢冕、张炯，但均不知。在留言板上给奚学瑶写了留言，让他去旧地学楼110号去找我。我带来了几本《燕园师友记》，准备给他们。

在去旧地学楼的路上，遇见一群同学迎面走来，有段伟中、丁尔纲、陶秉荣等，其中有一人口歪眼斜，别人问我："你认得他吗？"我感觉这是我班同学，只是认不出来。我说："你们别说，让我想想。"但想了半天，仍想不出，他们便说："这是吴绍雄。"

"吴绍雄？！"我真有点不敢相信了。他原是个翩翩美少年，怎么竟变成这个样子了？吴绍雄这才告诉我，他得了一场病，才变得面目全非了。吴绍雄是浙江人，是新闻专业的，原在新闻单位工作，现在是浙江著名的金宝康集团（服装行业）副总经理了。我们一同去旧地学楼。

今日到会的我班同学有康式昭、范承祚、张立刚、丁尔纲、王瑞兴、于道仿、陆志伟、丁宁真、王兴礼、陶秉荣、段伟中、吴绍雄、李任、苏民、马嘶等人，还有语言专业的向光忠、梁惠陵等人。文学、语言、新闻三个专业只到了25人。大家多是40多年不曾见面了。

大家在一起畅谈、照相。我赠康式昭、丁尔纲、范承祚、苏民、吴绍雄等人《燕园师友记》。范承祚原是中国驻阿尔巴尼亚大使，现在是外交部研究员，他被称为"诗人外交家"，他赠我《万里千诗》，这是他的诗集，厚厚的一本皇皇巨著。中午，去成府的一家餐馆聚餐，由北京的同学们出资请客。会上，李任提议：在2003年我们入学50周年之时，大家来聚会一次；2007年我们毕业50周年之时，再来聚会一次。大家鼓掌拥护。吴绍雄说："下次我来请客。"大家又鼓掌。陆志伟说："我恐怕赶不上啦！"他身体不好，有心脏病，他从太原来，由夫人陪同。

遗憾的是，我班在北大的袁行霈、周强没来参加会。周强在国外讲学；袁行霈刚从国外讲学回来，今天上午又去人民大会堂参加大会，下午，又要去西山宾馆参加国际汉学会议，因而来不了。

与康式昭去 5 院，领取《百年学术——北京大学中文系名家文存》上下册，凡赠阅个人著作者均回赠此书。

在 5 院那幢小楼里寻觅我在北大读书时住过的 105 房间，那时，我当外国留学生辅导员，辅导李昌德、金昌源两位朝鲜同学时，我们三个人就住在这 105 号房间。那时，5 院是外国留学生宿舍。

下午，自由活动。

遇赵曙光，约定明日上午 8 点半他来找我，下午一同去看望张中行先生。

在 5 院遇任彦芳，他说，北大出版社新出版了一本《北大风——北京大学学生刊物百年作品选》，书中选了我 1957 年发表在《红楼》上的《给我的共青团》一诗。遂去买了一本（23 元）以留存。又买《北京大学演义》等书。

在 5 院，还遇见 52 级的郭超人等。

今晚北大校园里有文艺晚会。

下午 5 时回城里。

晚看电视，有人大会堂的纪念会，江泽民和几位政治局常委全部参加了，江泽民讲话，8000 人参加了大会。河北原给我一张会议票，但我愿意在校园里活动。

廖静文去深圳未归，这次拍片活动也便未能进行。

5 月 5 日　星期二，晴

上午，赵曙光来访，我们去附近的宣武公园，在那里叙谈。中午在附近一家小馆吃包子。

下午 3 时，偕赵曙光去访张中行，赠他《燕园师友记》。谈到昨日去北大事，他们老校友去得不多，而且他们只是吃的盒饭，因无人操持聚餐。

这几日，访张先生者甚多，他有些疲劳，4 时便辞出，照相数枚。

去琉璃厂，在来薰阁买《张伯驹词集》《荣宝斋三百年间》
等。

赠启武校友卡及北大纪念章等物，他喜收藏。

5月6日　星期三，晴

上午去燕山出版社，购《燕园师友记》150本（6.5折），打
车，拉书至卓杰表哥家。

在西单中国书店买《扬州八怪现存画目》《扬州八怪书画年
表》，皆为稀见书，印数极少。

给廖静文打电话，她仍未归。

5月7日　星期四，晴

上午，去劳动人民文化宫北京春季书市。书皆为特价，买
《北大故事》《文化古城旧事》《明清文人画新潮》《古玩字画
投资指南》《中国古代藏书与近代图书馆史料》，花去一百多元。

晚，有雨，给洁打电话。

5月8日　星期五，晴

上午，与卓杰表哥去琉璃厂，买《古籍版本鉴赏》《张伯驹
词集》两本（每本只2.15元），以赠友人。

去访老画家李荣，他是蓟县人，原101中学教师，他家距卓
杰家很近。赠他《燕园师友记》，李荣赠他的花鸟画一幅。

给段伟中打电话告别。

下午，乘火车回保定。此次去京7日，用款600多元，买书
就用了500余元。

5月9日　星期六，晴

唐山师专刘新文寄来他的新著《元杂剧风采》，请我写评介
文字。

戴天恩寄来《历劫终教志不灰——我的父亲顾颉刚》，刘经富托胡志权转寄周一良著《魏晋南北朝史札记》。

接《旧书交流信息报》第8期20份，发了我的《买书先翻版权页》。

5月11日　星期一，阴

给奚学瑶、戴天恩、蒋颖馨、刘经富、计伟写信，赠《燕园师友记》。

读《北京大学纪事》、《北京大学演义》。

5月12日　星期二，晴

给谢冕、张炯、廖静文、江枫、崔道怡、段伟中写信，寄《燕园师友记》。

张响涛来谈，赠他《燕园师友记》。

写《北京特价书市所见》一文。

5月13日　星期三，晴

中央电视台"万家灯火"节目组滕玉虹打电话来，让我寄给她50年代廖静文与北大同学的合影。

育林接连堂和我去米家堤钓鱼，钓鲫鱼9斤，每斤12元。

因旧照片在唐山，我只好将我发表的《廖静文女士在北大》（内有合影）剪报寄给滕玉虹。午后，又接滕玉虹电话。

恢复了《负笈燕园》的写作，已中断了二周。现在，有了《北京大学纪事》，写起来就方便些了，因我在北大读书时的几本日记，已在"文革"初期烧掉了。

张响涛来谈。

5月17日　星期日，晴

接5月3日《读书人报》，发了我的《恋书情结与学人立业》一文，并寄来稿酬185元。

去多闻图书中心，买《北大百年老照片》，15元；傅振伦《九十忆往》，14元，《陈寅恪的读书生涯》，17元；共46元。

下午，写《负笈燕园》2400字。

5月18日　星期一，晴

接丁尔纲信并在北大的合影照片。

将《淘书见闻录》之九《北京特价书市所见》，之十《情系琉璃厂》寄《旧书交流信息报》。

写《负笈燕园》。

近两年在构思20世纪学人的系列长篇之时，读了不少有关资料，今日忽生出新的想法，先写一部《现代儒林遗事》，岂不是好？

5月19日　星期二，晴

上午，写《负笈燕园》。

下午，给林庚、季羡林、侯仁之、金克木、李赋宁、乐黛云诸先生和刘纲纪、王磊、魏至、周如苹写信，寄《燕园师友记》。

王志勇自唐山打电话来。

读《北大故事》。

考虑写《现代儒林遗事》之事，拟写完《负笈燕园》之后便动笔，现在主要是搜集、积累素材，因而今后还要大量买书。

5月21日　星期四，阴雨

写《负笈燕园》，并考虑《现代儒林遗事》的写作问题。

在报刊亭买5月号《人物》，内有北大校长陈佳洱的访谈录和严仁赓写的《江隆基在北大的日子》，读了严的文章，对江隆基有了另一种认识。过去在北大读书时，以为他是个很"左"的人物，其实，他是个真正反"左"的教育家。在北大反右派运动中，他也是个被批判的人物，故而后来调离北大，发配到西北，任兰州大学党委书记兼校长。

下午有雨，写《淘书见闻录》之十二《燕园的书香》。

读《北大老照片》等书。

接廖静文信。

5月23日　星期六，晴

写《负笈燕园》，已写了15万字。

昨日彦芳自京来，他说，"五四"校庆1955级同学集会时，有三家出版社的编辑来约稿，说是过去和现在出版的关于北大的书，皆是写老北大和80年代以后的北大，单单缺五六十年代北大的书，我的《负笈燕园》和《燕园师友记》恰是写五六十年代的事。

给铁凝、尧山壁、刘小放、刘章、刘向东、曹广志等人写信，各赠《燕园师友记》。彦芳拟去石家庄，准备让他带去。

段伟中来信说，给秦燕买的北大出的英语函授教材和录音带已买到，是康式昭夫人（北大英语系教授）给买的，坚决不收款，是康式昭送我的。他已寄出，不日即可收到。

5月25日　星期一，晴

上午，写《负笈燕园》。给廖静文、康式昭、丁尔纲、段伟中写信。

谢冕寄来他的散文集《永远的校园》（"北大未名丛书"）。

《南方都市报》寄来稿酬150元。

5月27日　星期三，阴

写《〈北大风〉引起的忆念》一文，2500字。

中午，赵义和（一合）自石家庄打电话来。

下午去河大友联书店，书皆售9折，买《王国维年谱长编》、《萧红新传》（香港版）、《四库全书纂修考》（已购过一本），共 32.4 元。

晚读《蔡元培年谱》、《北京大学演义》。

5 月 29 日　星期五，晴

上午，将《〈北大风〉引起的忆念》抄 2 份，寄《读书人报》和《文论报》。

接上海蒋颖馨寄来的三本书：《众说纷纭说萧军》、谢稚柳《壮暮堂诗词》、《壮暮堂诗抄》。

下午写《负笈燕园》。

晚读《蔡元培年谱》。

5 月 30 日　星期六，晴

写《负笈燕园》。

接谢冕信，信中说，校庆时张元勋去他家，他们一起回忆林庚先生 1957 年为《红楼》创刊号写的《红楼》一诗，现抄寄来：

> 红楼你响过五四的钟声
> 你啊是新诗摇篮旁的心
> 今天你为什么不放声歌唱
> 使年轻人越过越觉得年青

他又说，读《燕园师友记》感到非常亲切，他又赞我的记忆力之强。

谢冕和张元勋回忆的《红楼》一诗似不太准确，我记得林先生的这首小诗均为 10 字句，这里后两句都各多出一字。

接卓杰兄信，李荣托我找刊物发表他的画。中午，给李荣打电话。

5 月 31 日　星期日，晴

上午，去古物市场、新华书店、百城书店、多闻图书中心。在百城书店买《中国现代语言学家》第 5 分册，1 元。在多闻图书中心买《释古与清华学派》，12 元；《钱穆与七房桥世界》，10 元。

下午写《负笈燕园》。

晚读《钱穆与七房桥世界》。

6 月 2 日　星期二，阴

写《负笈燕园》7000 字，已成 17 万字。

接北大李赋宁先生信并他的文章复印件。李先生对我这个学生是十分客气。

接青岛计伟信，对《燕园师友记》多有赞颂之词，并与之同张中行先生的《负暄三话》相比，写来条幅一张："篱下负暄有春秋，史笔文心久无俦，老骥寻梦成双璧，燕园湖影续红楼。拜诵马嘶前辈燕园师友记思中行老人负暄雅文有感。"

6 月 3 日　星期三，雷阵雨

写《负笈燕园》6000 字。

接《羊城晚报》万振环信，发《洒播牵牛花记》。接戴天恩信。

下午，《文论报》刘向东打电话来，我的《〈北大风〉引起的忆念》一文于 6 月 18 日发。

复戴天恩信。

下午患感冒。将《圆梦燕南园》一文寄《群言》杂志。

晚读《释古与清华学派》。

6 月 5 日　星期五，晴

写《负笈燕园》。

接北大乐黛云先生寄赠她的散文集《透过历史的烟尘》一书，此亦"北大未名文丛"之一种。

接刘纲纪学长信，信写得很长，很有激情，谈读《燕园师友记》后的感想，尤对忆林昭一文多有议论，回忆了林昭的一些事。

接李荣信及彩色画照 6 帧。

接魏至大师兄寄来的魏建功师早年著作《古音系研究》一书，此为 1996 年中华书局新版，书中夹有信笺，言收到《燕园师友记》一书，颇喜欢。

6 月 7 日　星期日，小雨

上午写《负笈燕园》3000 字，已成 19 万字。

下午，给李赋宁、乐黛云、李荣、魏至写信。接计伟信。

6 月 8 日　星期一，晴

写《负笈燕园》。

上午，张响涛来，将李荣的画片给他，看能否在《青少年文学》上发一些。

下午，给武汉大学刘纲纪写信，寄《林昭之死》和《一个不屈的英魂》复印件。

复计伟信。

任彦芳自京来，约来家晚餐。彦芳告，文化艺术出版社要编辑出版《北大故事》一书，约我写一篇，可直寄给出版社责编胡的清女士。胡的清曾在北大进修，是谢冕的学生。

6 月 9 日　星期二，阴

写《我的几位业师》一文，5000 字。

彦芳来家吃饺子，他下午回京。

林庚先生寄来他的诗歌选集《问路集》。

在门口一家临时旧书摊买邓之诚著《清诗纪事》下册，3 元。

6 月 11 日　星期四，晴

给文化艺术出版社胡的清写信，寄《我的几位业师》一文，并寄赠《燕园友记》。写《负笈燕园》。

下午去谢千家，畅谈甚欢，赠他《燕园师友记》。

6月13日　星期六，阴

昨天《保定日报》发了张响涛的《作家马嘶与保定》一文，今日始见报纸。

刘章打电话来，言《燕园师友记》已经收到。又告，韩映山于本月8日突然逝世，终年65岁。甚是震惊，遂打电话给张响涛问情况，韩是因脑溢血逝世的。

6月15日　星期一，晴

写《追寻〈红楼〉诗》一文，1600字。

奚学瑶自秦市打电话来，他说，他的评《燕园师友记》的文章发在《河北日报》4月28日副刊上。又告：他在北京接受了采写《周培源传》一书的任务。

王志勇打电话来。

6月16日　星期二，阴

今日去唐山，乘764次去京南，又转627次，7时20分抵唐。

回家见北大校友杨振的信，信写得很长，他亦是我芦台中学的校友，低我三年，后考入北大俄语系。他从《北大校友通讯》上看到我的文章，按文后地址写信给我的。

见6月3日《读书人报》发了奚学瑶评《燕园师友记》的文章。

6月17日　星期三，阴

上午，王志勇、杨立元来，赠《燕园师友记》，托杨立元带给赵朕一本。

从旧稿中寻觅关于北大的材料，找到了1965年写的电影文学剧本《向左进行曲》（未完成稿）的手稿。

6月18日　星期四，晴

上午，去唐山劳动日报社访郑战国，又找来潘石、徐国强，各赠《燕园师友记》，又赠傅品正一本，由战国转交。《唐山劳动日报》周末版拟发奚学瑶评论文章，《唐山晚报》发杨立元文章。

去张学梦家，赠书。读新到的《新文学史料》。

6月19日　星期五，晴

上午去机关，赠李风桐、白涤非、关仁山、单学鹏、刘淑文《燕园师友记》，单学鹏赠他的大海三部曲。

6月20日　星期六，晴

上午去旧书市场，遇董国和，赠书。买《鲁迅研究资料》第1辑，3元。

下午寄杨振书。为《丰南文化志》写个人材料。

6月21日　星期日，晴

上午去旧书市场，买《回忆北洋大学》，2元；《中国现代散文史稿》，2元；《中国当代文学研究资料·李季专集》，1元。

6月23日　星期二，晴

上午，乘游224次回保定，带了一些图书资料和稿纸。

回家后见谢冕、戴天恩信。6月18日《文论报》发了我的《〈北大风〉引起的忆念》。

晚，明杰夫妇来。

6月24日　星期三，晴

接刘兰松信并寄6月19日《承德日报》，发了我为他的散文集《凝望》写的序。接赵曙光信。

下午，去多闻图书中心，买杨炳章《从北大到哈佛》，16元

（此书曾于北大校庆时签名发售）。买《胡适口述自传》，14.9元。

晚读《从北大到哈佛》。

6月29日　星期一，晴

天气奇热。写《负笈燕园》。

读完《从北大到哈佛》一书，印象不佳。

接刘经富信。

7月1日　星期三，晴

上午，与洁去育秋家，晚饭后归。见墙上贴出保定市拆迁办公室关于拆迁的公告，让于7月31日搬清。

7月4日　星期六，晴

人们都在议论拆迁事，多数人不同意拆迁。

上午，与洁去小北门处看房，不中意。

接《羊城晚报》，6月24日发了我的散文《洒播牵牛花记》。

7月8日　星期三，晴

由搬迁引起了动荡不安的情绪，难以坐下来写作。

下午，任彦芳来保定，晚上与农专的焦也来我家，吃锅贴。赠焦也《燕园师友记》，焦也出版过《叶群之谜》的畅销书。

7月10日　星期五，晴

晨起，去彦芳处，送他上车去京。写《负笈燕园》。

下午，在友联书店购蒋梦麟《西潮》一书，9.8元。

给戴天恩写信（他在京），托他购朱正《1957年的夏季：从百家争鸣到两家争鸣》一书。

7月12日　星期日，晴

写《负笈燕园》2000余字。

晚，戴天恩自京打电话来，拟于下周四五来保定。

7月3日《读书人报》发了《〈北大风〉引起的忆念》一文。

7月15日　星期三，晴

上午，与洁去建国路23号看房。此为亚丽原住房，本拟出租给别人，因我们要搬迁，退了房客，让给我们住。此房为2室1厅，有暖气、空调等设施。

中午，苑纪久自石家庄打电话来。

7月16日　星期四，晴

写《负笈燕园》3000字。上午，杨振自京打电话来。

晚，戴天恩打电话来，明日上午来保定。

7月17日　星期五，雨转晴

晨起有雨，去早市买菜。

去车站接戴天恩，打车归。戴天恩买来《1957年的夏季：从百家争鸣到两家争鸣》，还有邵燕祥的《人生败笔》、《俞平伯先生从事文学活动六十五周年纪念文集》、《我在出版界20年》等。

接文化艺术出版社胡的请函，要我写一篇百字小传。我的文章《我的几位业师》已选入《北大遗事》一书，并说要从《燕园师友记》一书中选一二篇发。

赠戴天恩几本书：《荣宝斋三百年间》、张学梦诗集《现代化和我们自己》、《阿诗玛》、沙鸥《谈诗第三集》等。

7月18日　星期六，晴

夜里下了大雨，早晨又变得天气晴好。

上午，陪戴天恩去古物市场，这里已有了几家卖旧书的冷摊，似无甚好书，戴天恩买了几本诗集。新发现一家旧书店阳春书苑，店主为华发老人，见有《清华汉学研究》第2辑，购下。

戴向他介绍我，他说读过我的一些文章。他叫张维坤，原是三中的语文教师，已退休，便开了旧书铺。他又说，同我的大哥连堂相熟。他 1957 年毕业于华东师大中文系，与我同年。

下午，给胡的清写信，寄个人简介。

任彦芳从容城打电话来。读《1957 年的夏季》。

7 月 19 日　星期日，晴

上午，与老戴再去古物市场，他在一家邮品店铺卖掉一些"文革"邮票，得 1400 元。他"文革"期间在河南当医生，购得许多成套的"文革"邮票。当初只为集邮、收藏，今天却能卖得好价钱。他说，在北京卖了 9000 元。

中午，老戴请我在望湖春饭庄午餐，并给洁带回一些饭菜。

邻居们正在搬迁，收破烂者来来往往，宿舍区一片混乱。

7 月 20 日　星期一，晴

上午，老戴去石家庄一游，他拟去《旧书交流信息报》编辑部，我给刘爱萍写了封信。他又想去访诗人刘章，昨晚我与刘章通了电话，介绍戴去。

下午，任彦芳自容城归，来我家。老戴从石市归，与彦芳相识。刘章赠我诗集《太行风景》。

7 月 21 日　星期二，晴

中午去车站，送戴天恩去安阳，那里是他的旧游之地，朋友很多，他从那边回成都。

张维坤来访，赠他《燕园师友记》。

《读书人报》寄稿酬 240 元。接赵曙光信。

7 月 23 日　星期四，阴

全楼大部分已搬迁，秩序很乱，收破烂者门庭若市，一些旧房已在拆除。

早晨，李刚夫妇帮助先将书架和书搬到建国路新居。

7 月 24 日 星期五，晴

晨起，再搬走一些东西。

收拾物件，准备明天搬家，孩子们过来收拾东西。

7 月 25 日 星期六，晴

晨 4 时起床，搬家公司的车 4 时半到来，5 时开始搬运。

午餐在对面川帝饭馆。

8 月 16 日 星期日，晴

上午，任彦芳打电话来，他昨日已到保定。9 时多，去彦芳处，焦也也在那里。彦芳的《人怨》已出版，赠我一本。11 时归。

下午写《负笈燕园》。

8 月 21 日 星期五，晴

写《负笈燕园》6000 字，已得 27 万字。

接魏至挂号信，寄来他写的关于魏建功先生的两篇文章打印稿：《魏建功与我国现代语言学和语文现代化》、《关于天行山鬼及其篆刻》。

8 月 24 日 星期一，雨

上午写《负笈燕园》。

接《东方文化》主编萧亭先生信，告《追怀周祖谟先生》一文发第 6 期。他又索要《燕园师友记》一书。

复信给萧亭，寄赠《燕园师友记》。

8 月 29 日 星期六，小雨

写《负笈燕园》6000 余字，已得 31.4 万字。

魏至打电话，告周祖谟先生之子周士琦地址和电话。

育秋打电话来，邀明日去游白洋淀。

8月30日　星期日，晴

　　上午 7 时半，二鹏开车来接，与洁、育秋、钟京去安新，租小船游白洋淀，颇为惬意。中午在安新县城吃饭。下午 3 时半回归，4 时半到家。晚饭在玉芙家中吃。

8月31日　星期一，雨转晴，夜里有雷雨，晨起仍下，后转晴

　　下午，将《负笈燕园》写完，共十二章，32 万字。此书稿从 1 月 19 日开始写，到今日与毕，前后约 7 个半月。这其间去唐山两次，去北京几次，又搬家，耽误了 3 个多月，实际写作时间只有 4 个月。

　　给周士琦写信，借周祖谟先生照片一用。

　　接刘经富信并《燕园师友记》评论稿打印稿。

9月2日　星期三，晴

　　写《负笈燕园》书稿简介。

　　从头修改《负笈燕园》。

9月4日　星期五，晴

　　已修改《负笈燕园》15 万字，八章。

　　小风寄来中国作协换证通知及"今日作家国际互联网站"的表格。

9月6日　星期日，晴

　　上午去古物市场，在旧书摊买《北京青年运动 70 年大事记》和上海鲁迅博物馆编印的《纪念与研究》第 1 辑，共 4 元。去张维坤的书店闲聊。

　　下午，写《淘书见闻录》之十三、十四、十五《痴迷的淘书者》上、中、下，介绍几位书友（戴天恩、刘经富、蒋颖馨、董国和等）。

9月7日　星期一，晴

将《痴迷的淘书者》上、中抄好，寄《旧书交流信息报》。

接刘纲纪信，接《读书人报》。

下午，将《负笈燕园》前半部分送给秦燕打印。

9月8日　星期二，阴

去邮局，见一些新的特种邮票，买4套，计有"天坛"一套，"寿山石"一套，"热带植物"一套，"玫瑰"三套，共20.2元。

修改《负笈燕园》后半部分。

晚，任彦芳打电话来，他已来保定，在这里写作。他告，已同北京的群言出版社联系，他们愿意出版《负笈燕园》。

9月9日　星期三，晴

上午，唐山文联办公室王玉青打电话告，以后工资可通过银行汇来。

接周士琦信，寄来周祖谟先生遗照一张，遂即给《东方文化》萧亭寄去。

9月10日　星期四，晴

上午，改完《负笈燕园》。

接戴天恩信，寄来我托他找的几篇诗文的复印件，计有艾青《在智利的海岬上》、《小蓝花》和李季、阮章竞1957年写的批判艾青的《诗人乎？蛀虫乎？》一文，这是我在《负笈燕园》中提及的，但手边无此文，故托他找，以便补入书中。戴又谈及10月下旬他也要搬迁，他原邀我们今秋去成都，看来今年去不成了。

《负笈燕园》告一段落，开始考虑写作《现代儒林遗事》之事了。

9月14日　星期一，阴

因中国作协会员要换新证，今日上午去照彩色证件像，5元。

去多闻图书中心，买怀人散文集《周作人集》，16元；《郑振铎》，10.4元。

去任彦芳处，11时归。

下午，去秦燕单位取《负笈燕园》打印稿第一、三、四章，开始校对。

9月15日　星期二，晴

上午，接到《读书人报》寒星转来的北大学友蔡根林的信及《红楼》创刊号封面和第1、2页，有林庚先生的《红楼》一诗。蔡根林是北大中文系1956级学友，当年曾在我们编辑的《红楼》第2期上发表过在北大轰动一时的长诗《东阳江》，1957年他却因此诗而被打成右派。此后，他的境遇很惨，到内蒙古去工作，韩霭丽的小说《湮没》中的人物就是以他为原型。记得80年代初，他曾给我写信，并寄来诗稿，以后又希望我能帮助把他调出内蒙古，这当然是我所力不能及的。此后多年中断了联系。如今，他在他的家乡浙江金华浙江师大教书，他从《读书人报》上看到了我的《〈北大风〉引起的忆念》一文以后，才同我联系的。又因我在文中提到找不到林庚先生《红楼》原诗，他才把保存了几十年的这张《红楼》创刊号封面第1、2页寄来。这样，我写的那篇《追寻〈红楼〉诗》一文也就该有了个圆满的结尾了。从林先生的原诗，可看出谢冕、张元勋回忆的不确之处。

在文具店买复印纸3包共1500张，给秦燕送去，作为打印《负笈燕园》之用。

9月2日　星期三，晴

上午，复刘纲纪、蔡根林、刘经富信。

抄改《追寻〈红楼〉诗》，2100字。

下午，取来《负笈燕园》打印稿第九章。

9月18日 星期五，晴

上午，将校对稿送回，又取来第二、五章。

下午，去任彦芳处，送去《负笈燕园》书稿简介3份。赠民盟中央黄景钧校友、河北大学许来渠《燕园师友记》各一册，放在彦芳处，让他转送。复印林庚先生《红楼》诗4份，送彦芳一份。

《旧书交流信报》发《风入松的魅力》。

9月19日 星期六，阴

接《群言》杂志编辑部信，《圆梦燕南园》发10月号。

校完第二、五章。

9月20日 星期日，晴

晨起有雨，未出外散步。

抄改《学人相交多论学》一文，寄《群言》。

将中国作协旧会员证、彩色正面免冠照片挂号寄中国作协创联部，并汇款20元，为换新证用。

赵曙光寄来他的微型小说集《雨后黄昏》二册。

9月23日 星期三，阴

读完《人怨》。翻阅《鲁迅日记》、《鲁迅年谱》等书，为写作《现代儒林遗事》作准备。

给林庚先生写信，寄《红楼》诗复印件，因他自己也未曾留下此诗的原稿和剪报。前些时，我曾致函林先生，请他依照剪报抄录或复印一下《红楼》这首诗（这首诗他没有收入集子，《问路集》中也未收）。他来信说："接来书询及《红楼》一诗，我的手稿及剪报等'文革'中被抄家时已一扫而光，80年代出版诗选时，全靠从报刊上寻找抗战以后发表过的作品，《红楼》除非找到那期刊物，别无踪迹可寻，奈何！奈何！"读了他的信，除了遗憾，我又有一种凄凉之感。这一回，他见到自己作品的原貌，对他也是一种安慰吧。

9月24日　星期四，晴

接《羊城晚报》稿酬130元（《洒播牵牛花记》）。

去河大友联书店，购《梁实秋怀人丛录》，5.8元，在河大出版社书店买周一良《毕竟是书生》，13元。

读《毕竟是书生》很有兴趣，已读了70页。

9月26日　星期六，晴

上午，校完《负笈燕园》第七章，后去古物市场，在旧书摊买《贝多芬传》，1元；《何其芳选集》第三集，2.5元。又去张维坤的阳春书苑。在双休日，古物市场的旧书摊渐渐多起来了，也有了一些有用的书，这里有形成旧书市场之势。

9月29日　星期二，晴

上午接小风信，转来北京苏州胡同张从丽的信。我与张不识，亦系北大校友，恐为我的学长。张从丽在信中说，前两天，有一个自称是你唐山的邻居的老人，他说他是个养鸡户，他拿着你写的我住址的条子来，说是他去内蒙古探亲，在北京把钱丢了，找我来借钱。我疑心他是行骗，没有借钱给他，只把口袋里装的买菜的几块钱掏给了他。她又说，那人走后，她才发现桌上放的一本北大同学录不见了。想必是她进屋去接电话时，被他拿走了。她写信问我，认识不认识这个人。

看了这封信，立即给张从丽复信，说这肯定是行骗。我并无这个邻居，那张字条也不是我的字。又觉张从丽这个名字似曾相识，遂翻阅《北大校友通讯》第24期，果然见有张从丽的文章，她是教育系1946级，供职于出版界。果然，在文章后有她的住址，正与信封上相同。我这才忽然领悟到，这个骗子一定是手头有一本北大校友通讯，他就根据上面的地址去找人。不过，此人的手法也实在笨拙得可以，我和张从丽在校的时间相差七八年，我们怎么会相识？我在信中说了这番意思。

接周士琦信并江苏师大的《文教资料》1995 年第 3 期，刊中有纪念周祖谟先生的专辑。

9 月 30 日　星期三，晴

上午，读蒋梦麟《西潮》一书，极有兴味。

下午，取回第十一章打印稿，此为最长的一章，约 9 万字。

10 月 3 日　星期六，晴

上午去旧书市场，买反右时期的两本小册子，花 1 元。

王志勇打电话来。

将《追寻〈红楼〉诗》寄《中华读书报》"文史天地"版，将《编辑家、出版家叶圣陶》寄《出版广场》，将《痴迷的淘书者》寄《旧书交流信息报》。

读《西潮》。

10 月 5 日　星期一，阴

在农大邮局买纪念邮票和特种邮票 4 种各一套，有"茶文化"、"草原"、"钢铁一亿吨"、"海南"等，12.5 元。

群言出版社胡靖打电话来，他已看到《负笈燕园》书稿简介，希望能看到书稿，我告，本月中旬可打印完。

下午，取回打印稿第八章、第十一章。

10 月 8 日　星期四，晴

在河北农大邮局买"茶文化"和"岭南庭院"特种邮票各一套，每套 4 元。

复周士琦、赵曙光信。

下午，取回书稿第十章和第十二章校稿，晚上校稿至 10 时。

10月9日　星期五，晴

晨起，将稿校毕，全书第一校完毕，送至秦燕处，送300元付打字员劳务费，或宴请他们一顿。秦燕说，下周一可将全书改完。

上午，写《淘书见闻录》之十七《关于旧版新书》。

读《西潮》。

10月10日　星期六，晴

上午去旧书市场，买《宋朝阶级结构》，4元。又去新华书店，归来已近12时。

接北京张从丽信，说那个人果然是骗子。她从北大校友会得知，此人是惯骗，曾被拘留过。他正是从北大一些通讯资料获知一些校友的地址而进行诈骗。

下午，整理誊抄旧稿《假如不是这样》，1800字，寄《文论报》。

10月11日　星期日，雨

上午有雨，未去旧书市场。

接刘兰松信。

下午，任彦芳打电话来，他今日抵保定。他说，已将《负笈燕园》书稿简介给了群言和作家两家出版社，两家对此书稿皆感兴趣。

10月12日　星期一，晴

上午，抄旧稿《预谋读书》。

下午，接林庚、戴天恩、刘经富信。刘经富寄来他发表在《深圳特区报》上的评《燕园师友记》的文章《不到燕园，怎知春色如许》复印件。张响涛来。

复张从丽、计伟信，给计伟寄张中行合影照一张。

10月13日　星期二，晴

下午，打印稿已改完，又印一遍，看了看，错误已极少了，再印二份即可。

看打印稿。

10 月 14 日　星期三，晴

从昨晚到今日一整天，看完了打印稿，比较满意。

10 月 15 日　星期四，晴

上午，又从头看打印稿，仍挑出一些错字。

下午，去任彦芳处，带去《负笈燕园》打印稿给他看。

10 月 16 日　星期五，晴

上午，写《忆浦江清师》一文，得 3000 字。

下午，取回《负笈燕园》打印稿两份和软盘。

再次从头至尾看打印稿一遍。

10 月 17 日　星期六，晴

上午去旧书市场，买民国三十五年出版的《斯大林传》，巴比塞著，徐懋庸译，3 元。下午看打印稿。有些头晕。

10 月 18 日　星期日，晴

仍有些头晕，晨起，洁给我了量血压，80/125，很正常，想是感冒了。

上午，去旧书市场，买叶嘉莹《我的诗词道路》，3 元；《诗经选》，2 元；《古莲花池》，1 元；《容城县革命斗争大事记》，1 元（拟送给彦芳）。另有一本民国二十四年由北平文化学社印行的《初级中学应用文》，2 元。

看打印稿。

10 月 20 日　星期二，晴

上午，给群言出版社打电话，拟送《负笈燕园》书稿去，副总编吴志实接电话说，胡靖出差了，他让我把书稿寄去。

去邮局，将书稿用印刷挂号寄给群言出版社。

下午，去百城书店，买《李大钊研究论文集》上下册，4元；《新闻学简明辞典》，5元。又去多闻图书中心，买《老上海名人名事名物大观》，28元。

10月22日　星期四，晴

上午，去任彦芳处，他说，他儿子任新来保定，他看我的《负笈燕园》书稿，半夜仍不睡。问他能否看得下去，他说，很吸引人，看得下去。因而彦芳说，他们青年人也能看得进去，这就很好。

彦芳赠新出版的《魂怨》。下午，整理完《忆浦江清师》，4000字。

10月23日　星期五，晴

开始写《现代儒林遗事》第一章。

10月28日　星期三，晴

晨起，与洁乘火车去涿州看望澄心姐。

下午，逛医院附近的新华书店，买新出的《原上草——记忆中的反右派运动》，24元。如果早见到这本书，写《负笈燕园》就更有所依，也更省些力气了。

10月29日　星期四，晴

上午，一个人又去逛书店，买《在家和尚周作人》，10元；《中国书画拍卖行情》，7元。

下午，与洁、澄心姐上街，又在大新华书店买张国焘《我的回忆》上、中、下三册，50元；《胡适印象》，13元。

10月30日　星期五，晴

上午，与洁去一家旧书店，雾太大，遂归。又去新华书店，买《梁实秋自传》，17 元;《衔着烟斗的林语堂》，10 元;《集邮入门必读》，6.5 元。来涿州三日，买书 10 本，近 140 元。

下午，与洁回保定。得计伟、刘兰松信，《群言》第 10 期 4 本，发了我的《圆梦燕南园》。

11 月 1 日　星期日，晴

上午去旧书市场，买《文学运动史料选（四）》，4.5 元;《保定陆军军官学校》，3 元;《唐宋诗选释》(俞平伯)，3 元;《清华人物志（三）》，3.5 元;《笔耕余录》(梁斌)，3 元。

下午，去省印路百草园旧书店，昨日在旧书市场与"百草园"店主李忠恕相识，特来访他。他原在河北人民出版社工作。但李忠恕不在。这里旧书较多，且档次较高，是淘书的好去处，目前恐是保定最大的古旧书店了。在此处购得《北京大学图书馆九十年记略》，4.5 元;《茅盾书信集》5 元;《燕大文史资料》第 2、7 辑，共 9 元。

接刘经富信，并寄《修水报》所发他写的评《燕园师友记》的文章《燕园春色》复印件。读《魂怨》。

11 月 2 日　星期一，晴

给群言出版社胡靖打电话，问书稿事，他说，他正在看稿，过些日子再商量下面的事。

下午，陪洁去小医院输液。

11 月 5 日　星期四，晴

上午，去任彦芳处，将《负笈燕园》打印稿一份交他，让他带给崔道怡。

去百草园书店，买《当代楚辞研究论纲》，7 元;《河北古今编著人物小传续》，4 元。下午，陪洁去输液。读《我的回忆》。

11月7日　星期六，晴

上午去旧书市场，买旧书5本：《托尔斯泰文学书简》，5元；《普希金长诗选》，2元；《宋文选》上册，2元；《艾青抒情诗选》，2元；《民国黑社会》，2元。

接蒋颖馨信并书三本：泰戈尔《新月集》1939年版，《小夫妻》（宋之的、沙汀等）1941年版，《四部备要一集至五集总目》（线装）。

11月8日　星期日，晴

上午去旧书市场，买《新文学与乡土中国》，5元。

接崔道怡、蔡根林信。

下午，给林庚先生写信，寄《圆梦燕南园》复印件。给蒋颖馨、刘兰松写信。

11月12日　星期四，晴

上午，去百草园书店，买《同时代人回忆托尔斯泰》上下册，18元；《宋版书叙录》，7元；《知堂书信》，7元；《再生凤凰》，4元。与李忠恕谈颇畅。

写《魂怨》的评论《从"白衣女魂之谜"到〈魂怨〉》，2100字。分寄《文论报》和《读书人报》。

11月16日　星期一，晴

写《曾经相识原上草——读〈原上草〉引出的思忆》一文。

下午，潘石自唐山打电话来，说今年12月12日是唐山解放50周年，《唐山劳动日报》编发纪念专版，约我写一篇文章给他。

读张国焘《我的回忆》。

11月1日　星期四，晴

上午，写完《曾经相识原上草》，3000字。

下午，为《唐山劳动日报》写《我的家在唐山》一文，1300字。

接刘兰松信。给赵曙光写信。

11 月 19 日　星期四，晴

昨日《中华读书报》"文史天地"版发了我的《追寻〈红楼〉诗》。

《读书人报》寒星自广州打电话来，明年继续赠阅报纸，落实地址。

11 月 20 日　星期五，晴

接《东方文化》第 6 期，发了我的《追怀周祖谟先生》。接《文论报》，11 月 19 日发了我的《假如不是这样……》。

给蔡根林写信，寄《追寻〈红楼〉诗》复印件及《燕园师友记》一册。

11 月 22 日　星期日，阴

将《曾经相识原上草》寄《中华读书报》，《我的家在唐山》寄《唐山劳动日报》潘石。

11 月 25 日　星期三，阴

彦芳昨晚来保定，上午去他那里，他与任寰合著的幼儿诗教系列共五册一函已出版，印刷精美。他又告，文化艺术出版社的胡的清已回广州，《北大遗事》一书的责编换了冯京丽，要我再寄 50 年代青年时期的照片一张，出书时配发。

11 月 26 日　星期四，阴

接文化艺术出版社冯京丽函，索要北大读书时的照片两张。

蒋颖馨寄来《知堂回想录》，收到后即迫不及待地读起来。

12 月 1 日　星期二，晴

接林庚先生信及 50 年代旧照片两张。我拟在《负笈燕园》出版时发一些师友的旧照，林先生见到《追寻〈红楼〉诗》之后，很是高兴。他在信中写道：连获关于《红楼》一诗的追忆，终于考证出来，真是高兴的事，谢冕张元勋们回忆也相去无几，只是第四句多出一个字，所以似乎不太准确。我记忆退减，已经十分淡忘，幸得你们的热心才又重见于今日，你是特别多花精神，只这寻求的过程就令人永远难忘，我尤其是感到欣慰。四十多年前的事真是如在梦中，你的燕园寻梦硕果累累，也唤起了我的旧梦，人生如春梦，只要是"春梦"就没有辜负这一生。

订阅明年报纸 5 种：《中华读书报》、《文汇读书周报》、《文论报》、《旧书交流信息报》、《书评周刊》。另外还要订《新文学史料》、《东方文化》。

读《知堂回想录》、《我的回忆》。

12 月 4 日　星期五，晴

上午去百草园书店，与李忠恕谈，买《安平秋古籍整理工作论集》，4.5 元；《学海飞鹏——纪念郑振铎先生诞辰 90 周年殉难 30 周年》，4.5 元；《萧军十年祭》，2 元；《华北解放区交通邮政史料汇编：邮票史卷》，4 元；《河北古代书林》，2.4 元。

汇款 45 元，订阅明年《东方文化》。

12 月 7 日　星期一，晴

写《燕南园 66 号》一文。

董国和自唐山打电话来，他给我买到一套《鲁迅年谱》和一些反右派材料。他托我买《读书》及"文革"前书刊。

12 月 11 日　星期五，晴

写《陈伯吹谈儿童文学的一封信》。给林庚、赵曙光写信。

昨日《文论报》发了我的《从"白衣女魂之谜"到〈魂怨〉》，删得太多了，只剩了不足 1000 字。

下午，《中华读书报》"文史天地"编辑徐晋如打电话说，

《曾经相识原上草》一文写得极好，已编好，但送审时，说奉上级令："思忆文丛"这套书不让在报纸上宣传，因而便不能发了。他感到遗憾，并希多多赐稿。

12 月 12 日　星期六，晴

上午去旧书市场，买《民国人物传》第 3、第 4 册，《与惠特曼相处的日子》，共 10 元。买《外国诗》第 1 辑，3 元。张维坤转让《中国文化通史》，25 元。

又去百城书店，买巴人《文学初步》（1951 年版），《明清两朝直隶书籍梓行录》，共 5 元，准备送给董国和。

12 月 15 日　星期二，晴

上午，写完《陈伯吹关于儿童文学的信》，3000 字。

赵曙光挂号寄来中国作家协会会员申请表，请彦芳和我做介绍人。

接锦州市陈贵选信，又是一个爱书者。

12 月 18 日　星期五，晴

上午，洁送我去车站，乘游 222 次去唐山。下午 4:40 抵唐，金龙来接。

晚，给洁打电话，她说任彦芳已到保定。遂即给彦芳打电话，他明日去河南看望母亲，约定本月二十八、九日同回保定。他说，关于《负笈燕园》，群言那边已到终审处，作家那边尚无消息。

12 月 19 日　星期六，晴

早饭后去 25 号小区旧书市场，在那里遇董国和，赠他书。买旧书 7 本，花 20 元，有《北洋军阀统治时期史话》第 3、第 7 册，《日下旧闻考》第 5 册，何其芳《文学艺术的春天》，冯雪峰《鲁迅的文学道路》，《楚辞学集刊》第 1 辑。

下午，王志勇来，送我新一版《金玫瑰》一本，我原有的一本被友人借去不还了。他带来12月12日《唐山劳动日报》专刊，发了我的《我的家在唐山》一文。又带来9月4日《南方周末》发表的《狱中日记：林昭最后的日子》复印件。谈2小时去。

12月21日　星期一，阴

上午去机关，与张学梦、白涤非、刘淑文等谈。

接《东方文化》第6期样刊并稿酬300元（《追怀周祖谟先生》）。

接《当代人》朱宝柱、徐州赵呈美信，皆是数月以前的旧信。接几种辞书的约稿函。

12月22日　星期二，阴

上午，去唐山劳动日报社郑战国处，托摄影记者赵锡复翻拍50年代在北大的一些旧照片，拟在《负笈燕园》出版时用。取12月12日报纸两份。

前接上海石四维学友（1954级）信，复信。并寄《燕园师友记》一册。复锦州陈贵选信。

整理旧藏民国版书刊、编写自藏民国版本及稀见书刊、签名本图书目录。晚，杨振自京打电话来，告贾宏远地址。读《新文学史料》。

12月23日　星期三，晴

上午去机关，与杨立元谈。在卫生所买药。

下午去新华书店，买《吴组缃先生纪念集》17.5元（只印1000册）。《书林清话》，12.6元；《竹汀先生日记钞五种》，9.8元。

12月24日　星期四，晴

上午，去市图书馆翻阅报纸、杂志。

连堂打电话来。晚，给洁打电话，她明日来唐山。

12月26日　星期六，晴

上午，与洁去文化宫旧书市场（已从25号小区迁至文化宫），买全新的《民国史大辞典》，10元（1991年版，原价30元），觉得太便宜，又买一本。一本放唐山，一本带到保定去。

遇董国和。

接12月18日《读书人报》，发了《从"白衣女魂之谜"到〈魂怨〉》。

12月27日　星期日，晴

上午去旧书市，买《文学研究会资料》上册，5元；《穆木天诗文集》，4元（只印了780册）；《民国通俗演义》第4册，4元；《古籍图书目录》，2元。

晚，与洁去翔云饭店，赴王志勇、杨静邀宴，有市残联主席张景德，唐山晚报赵永等。

12月29日　星期二，晴

上午，与洁回保定，金龙送站，乘游224次。5时40分抵保定，秦辉一家去接。

回家后，见秦杰、戴天恩、陈贵选信，计伟贺年片，中国作协寄《作家通讯》、台历及通知，《读书人报》稿酬190元。

12月30日　星期三，晴

上午去邮局，汇款48元，订阅明年《新文学史料》。给秦杰、杨振寄《燕园师友记》。

晚，任彦芳自开封归，约去他家，他明日回京。依他要求，将《负笈燕园》书稿简介复印5份，他带回京，拟多联系几家出版社。

1999 年日记

1月1日　星期五，晴

　　接崔道怡信，他交到作家出版社的《负笈燕园》书稿已落实到责任编辑杨葵，责编对这个选题颇感兴趣。因目前正忙于1月8日举行的图书订货会，待订货会后即进行审处。

　　今日元旦，孩子们来过节。

1月7日　星期四，晴

　　将《燕南园66号》寄《中华读书报》。将《陈伯吹谈儿童文学的信》寄《读书人报》。

　　给崔道怡、陈贵选写信。给林庚先生写信，寄翻拍照片。

1月8日　星期五，晴

　　给中国作协《中国作家大辞典》撰写条目，寄照片，将《中国作家大辞典》条目校样寄回。

　　写《跟随韦君宜在农村采访》一文，2000字。

　　接小风信，转寄来中央民族大学老干部处顾肇基校友信，他亦反映骗子行骗事。看来，这是与到张从丽家行骗者同是一人。下午，复顾肇基信。

1月9日　星期六，晴

　　上午去旧书市场，买何其芳《散文选集》、曾昭抡《东行日记》、《书画装潢学》，共6.5元。

　　修改《随韦君宜在农村采访》，得2400字。

1 月 10 日　星期日，晴

上午，去旧书市场，买《鲁迅致许广平书简》，此为 1980 年河北人民出版社根据北京鲁迅博物馆所藏鲁迅原信手稿所编，与《鲁迅全集》中多有不同，此书只印了 1800 册，极具收藏价值。《白香词谱笺》、《齐白石轶事》、《批判右派分子林希翎等论文集》等 4 种，共 15 元。

去阳春书苑与张维坤谈。

下午，复朱宝柱、赵呈美信。

1 月 11 日　星期一，晴

写《现代儒林遗事》第一章，得 2700 字，原已写了 5000 多字，写完了第一章。

接林庚先生信，回答我上次信中提出的问题，即关于燕南园 66 号的住房问题。他说，冰心、吴文藻是第一个住户，第二个是翁独健，第三个是林庚（只住了一年），第四个是一位高干（我想可能是邹鲁风），第五个是朱光潜。

1 月 12 日　星期二，晴

上午，写《现代儒林遗事》第二章，得 1500 字。

读完《北京琉璃厂》一书，又读《书林清话》。

给上海古籍出版社汇款 3.6 元，订阅 1999 年《古籍新书目》。

杨振打电话来。

1 月 16 日　星期六，晴

上午，去旧书市场，买《中国近现代人名大辞典》（1989 年版），27 元；黄源《忆鲁迅先生》，1 元；《一二九运动史》，1.5 元；《书城》创刊号，1.5 元。后又去张维坤的阳春书苑，他出让《郭沫若年谱》上、中、下三册（天津人民出版社，只印 1500 册），20 元。

石四维寄来《上海滩》第 1 期。

下午，抄改《随韦君宜到农村采访》，2500字。

晚读《陈寅恪读书生涯》。

1月18日　星期一，阴

写《现代儒林遗事》第二章毕，又写第三章。每章约8000字至10000字。

1月21日　星期四，晴

写《现代儒林遗事》第四章。

中午，任彦芳打电话来，他刚来保定。他说，群言出版社已定下出版《负笈燕园》。

将《随韦君宜下乡采访》寄《读书人报》。

1月22日　星期五，晴

上午，去任彦芳处，他的《民怨》一书由中国文联出版社出版，首印2万册，版税为10%，按4万册计，已先付稿酬3万元。

焦也、张响涛亦来。中午，彦芳在外面饭馆请吃火锅。饭后归。

接戴天恩信。

1月24日　星期日，晴

上午去旧书市场，买戴晴著《梁漱溟·王实味·储安平》，2元；《中国历代文论选》一卷本，2元；《李家庄的变迁》（1953年版），3元。

去阳春书苑，张维坤转让黄山书社的《胡适文存》四册，定价98元，他按进价收50元。

1月27日　星期三，晴

写《现代儒林遗事》第四章。

给林庚、秦杰、石四维写信。

《中华读书报》"文史天地"版编辑徐晋如写信来告《燕南园66号》3月份发。他称我为学长，看来也是北大校友。

1月28日　星期四，晴

《群言》杂志寄来第1期样刊4本，发了我的《学人相交多论学——读〈积微居友朋书札〉》一文。

下午，去多闻图书中心，又去鱼跃书店分店，买《北洋大学——天津大学校史（一）》，9.3元；巴金《怀念集》，9.3元。

给徐晋如、周士琦、戴天恩写信。

1月30日　星期六，晴

上午去旧书市场，买《闻一多纪念文集》，5元。张维坤赠《北京革命史大事记》。

任彦芳来，午饭后去。

北京秦杰寄来两本新中国成立前的北大出版物：《北大一年》（1947）、《五四在北大》（1947）。

接《古籍新书目》。

2月2日　星期二，晴

上午写《现代儒林遗事》。

《群言》杂志有"共和国与我"的征文，下午，写《生命：从春天到秋天》，2600字，准备应征。

读《北京大学纪事》。

2月3日　星期三，晴

上午，写《卯字号名人朱希祖》一文，未竟。

下午，去百草园书店，买《陈独秀书信集》、《岳麓书院名人传》及《人物》两册，共22元。

去槐茂买酱菜。

2月4日　星期四，晴

写《卯字号名人朱希祖》毕，得 2500 字。

接蔡根林信，谈《燕园师友记》。接中国作协寄来的《放飞新世纪文学的希望》一册，为全国中青年作家创作座谈会专刊。

2月6日　星期六，晴

上午去旧书市场，买《陈独秀文章选编》上、中册，10 元；《溥仪的后半生》，2 元。

给石四维、秦杰写信。读《知堂回想录》。

2月7日　星期日，晴

上午去旧书市场，买《萧军创作研究论文集》、《李济与清华》、《恽代英日记》、《关于江宁织造曹家档案资料》、《中国共产党组织史料汇编——领导机构沿革和成员名录》、《蕉舍诗词》等6 本，共 31 元。

晚给崔道怡打电话，他说《中国作家》章仲锷托他向我约稿，写林昭的事。

2月8日　星期一，晴

开始写《林昭的生和死》。

2月13日　星期六，晴

上午去旧书市场，因春节临近，只有两三个书摊，买《民国春秋》杂志 5 本，5 元。

接 2 月 8 日《读书人报》两份，发了我的《随韦君宜下乡采访》。

写《林昭的生和死》，已近 2 万字。

2月15日　星期一，晴

大年三十。

上午，将《林昭的生和死》初稿写完，21000 字。

2 月 21 日　星期日，晴

接章仲锷信及《中国作家》一册，正式约我写林昭。他现在是《中国作家》杂志社顾问，尚能过问稿件事，杨匡满为副主编。

下午，开始修改《林昭的生和死》。

将《生命：从春天到秋天》寄《群言》杂志，《卯字号名人朱希祖》寄南京《民国春秋》。

晚，给章仲锷打电话，他说，两万字不过瘾，要写得长些，不怕长。

2 月 25 日　星期四，晴

改写《林昭的生和死》。

昨日《中华读书报》文史天地发了《燕南园 66 号》，并配发了冰心与吴文藻的结婚照片。

给石四维、迺堂弟写信。

2 月 27 日　星期六，晴

上午去旧书市场，巧遇一本《笳吹弦诵情弥切——西南联大 50 周年纪念文集》，这是久觅不得的一本书，遂买下。又买《陆蠡集》、《中国档案事业简史》、《随笔》第 1 集、《傅雷家书》、《流浪》等，共 17 元。

下午写《林昭的生和死》。

2 月 28 日　星期日，晴

上午去旧书市场，买林庚先生 50 年代的《中国文学简史》上册，《纪胜》、《谈诗的技巧》、《柔情的琼瑶》、《清华人物志（三）》（回来才发现已购得一本）、《冀东日伪政权》、《上海鲁迅纪念馆陈列资料选编》（书内夹有门票一张），共 12.5 元。

下午写《林昭的生和死》。

接赵曙光信。

晚间听新闻联播，有明日起邮资调价的消息，这是我关心的一件事。

3月1日　星期一，晴

上午写《林昭的生和死》。

中午"新闻30分"播报：冰心先生于昨晚21时逝世，享年99岁。

3月2日　星期二，晴

元宵节。

上午写《林昭的生和死》。

去百草园书店，买《梁漱溟印象》、《情系东城》、《河北古今编著人物小传》，共20元。

晚，翻阅《河北古今编著人物小传》，竟有意外收获。第336页纪钜维其人者，字香聪，一字伯驹，号悔轩。献县人，清考据家，同治二十年（1873）出生，选授内阁中书。沉毅好学，博览群书。精考据，善鉴别书、画，工诗、古文辞，旁及绘画。从张之洞游湖北时间最长。监督学校，多有成就。因晚年居泊头市，著有《泊居剩稿》。

看到这些文字，欣喜异常，这正是我查阅寻觅多年而不得其识的那个人物。我的手边藏有舅父刘溥泉先生的一件遗物《清代名人手札》，是一本厚厚的册页，贴裱了许多人的信札，皆是给香聪、伯驹、泊居、悔轩、悔翁的，似皆为书法大家的手迹。首页的字是："承　赐观昔年在鄂诸公手札自属名贵殊可宝也命署签奉□此上溥泉仁兄大鉴　弟许盖再叩。"

我不记得这册《清代名人手札》是怎样到了我手中的，更不知它的来历。封面上写"《清代名人手札》甲子仲春许盖署签"字样（甲子为 1924 年）。内第一页有舅父手迹："辛卯二月阅一遍。"辛卯当为 1951 年。舅父死于 1952 年。

我自知这是一本很有价值的东西，其中有些名人是我所知的，如梁鼎芬、杨守敬、周树模、易实甫等人。只不知收信人是谁，现在终于弄清了，此后当顺蔓摸瓜，多查找资料，以了解得更多，其价值也就不言自明了。

3 月 5 日　星期五，晴

上午写《林昭的生和死》，已得 5 万字。

王志勇寄来《今日名流》第 2 期彭令范长文《我的姐姐林昭》复印件。

任彦芳自京打电话来，他在谢冕家。告诉我两件事：一、《北大风》一书要发稿费，北大出版社要我的详细地址，以便寄奉稿费和样书。二、谢冕说，去年下半年，《南方周末》有一篇访问张元勋的文章，谈他在狱中探望林昭的事，要我找来看看。

给张响涛打电话，托他找《南方周末》，他说，原保定市文联党组书记张今慧去年订阅此报。

下午，去张响涛家，他带我去张今慧家，张今慧说：去年的报纸全卖了。在她家见到她的丈夫老作家邢野（电影《平原游击队》作者），他已 81 岁，很胖，得了脑血栓，行动和言语皆不便了。

又去另一家，报纸也卖了，只好悻悻而归。

3 月 9 日　星期二，晴

上午，写完了《林昭的生和死》，64000 字。

接戴天恩信，寄来《今日名流》1998 年第 5 期彭令范的《姐姐，你是我心中永远的痛》复印件。

群言出版社胡靖打电话来，《负笈燕园》已加工了 20 多万字。

3月15日　星期一，晴

任彦芳来保定，上午去他那里。他的《民怨》出版后，引起轩然大波，一些被揭露、抨击的人极力反对，我在他这里时，就接到了一个恐吓电话。我劝他暂时少来保定，更不要去容城。

下午，群言出版社胡靖打电话来，稿子已加工完，约见面。定在星期四去京，看样子要签订出版合同，遂约彦芳同去。

晚，给崔道怡打电话，谈群言出版社要出版《负笈燕园》，他说，作家出版社那边也喜欢这部书稿，只是目前不大好说，拖到明年或今年下半年似可定下。杨葵将给我写信。

3月16日　星期二，阴

抄写《林昭的生和死》。

上午，胡靖打电话来，问《负笈燕园》有无软盘，希望能带去。他又说，为了能够征订得多一些，可改个更加市场化的名字。

为改书名颇费了一些脑子，初步想了两个：《悲欢荣辱说北大》，《四年一觉北大梦》，但又觉皆不如原名好。

下午彦芳回京。

3月18日　星期四，晴

晨起，乘高速公路长途汽车去京，8时半到六里桥，又乘822公交车去榄杆市，呼任彦芳，与他去群言出版社。见编辑部主任胡靖和副主编吴志实，共谈《负笈燕园》出版事宜，定下稿酬千字30元。

中午，任彦芳有事离去，胡靖领我去招待所餐厅午餐。饭后，与胡靖研究书稿，他没有什么删节，修改处极少。保留了原字数，书名拟定为《负笈燕园：1953～1957风雨北大》，用几幅老照片。后签订出版合同，并拟在出版后购书200本，65%付款，由稿费扣除。

给廖静文打电话，谈请她写条幅事，她说可先写好，再去取。因秦燕在北京外经贸大学进修英语，可让她去取。

下午3时半，乘长途汽车回保定。

3月20日 星期六，晴

上午，给胡靖写信，寄作者简介和照片，给廖静文、戴天恩写信，复南京《民国春秋》编辑部陈晓清信，他前两日来信说《卯字号名人朱希祖》已编发第3期，并约稿。

在旧书市场买《竺可桢日记》第1册，4元。

3月22日 星期二，晴

抄改完《林昭的生和死》，67500字。

戴天恩寄来《今日名流》上关于韩其慧的复印件，韩是林昭的同班同学，也是个悲剧性人物，文中有关于林昭的事。

晚，给章仲锷打电话，他刚从新加坡回来，让把稿子寄去。

王志勇打电话，告李永文病逝。

3月23日 星期二，晴

上午，将《林昭的生和死》挂号寄《中国作家》章仲锷，邮资12元。

抄改旧稿《告别"自然保护区"》，寄《文论报》。

复刘经富信。

3月26日 星期五，晴

接上海石四维信，我的《现代儒林遗事》书稿，他已同友人董伟康（时事出版社社长兼总编）谈过，他们很感兴趣，能否先寄二、三章给他，早订合同为好。

下午，写书稿简介，并列了四十章的目录，此为上册。

3月28日　星期日，晴

上午，去旧书市场，买吴恩裕《曹雪芹丛考》、《爱俪园梦影录》、《中国现代名人辞典》等。

接作家出版社杨葵信，他对书稿很喜欢，但送审后搁浅了，因是敏感题材，10月前难出版。他征求我的意见，是先放在他那里，是先寄回？

因书将由群言出版社出版，给杨葵写信，让他将书稿寄回。

誊抄《现代儒林遗事》第一章。

晚，给廖静文打电话，告秦燕明日下午去取条幅。给石四维打电话。

秦燕自京打电话来。

3月29日　星期一，晴

抄完《现代儒林遗事》第一章，又抄第二章。

章仲锷打电话来，《林昭的生和死》已收到。

秦燕自京打电话来，她已去徐悲鸿纪念馆，从廖静文处取回书法作品，她给我写了一张，给秦燕写了一张。

3月30日　星期二，晴

上午，胡靖打电话来，让我星期五去取校样，现二校稿已出，因为有软盘，运作极快。

中午，卢玲送来《现代儒林遗事》书稿简介打印稿5份，留午饭。誊抄《现代儒林遗事》。

下午去车站接苑纪久，他从石家庄来，即去高阳老家。他带来花山文艺出版社陈新送我的《名家》1-5期。

任彦芳自温州打电话来，他在那里采写企业家。

3月31日　星期三，阴

今日将《现代儒林遗事》第三章抄完，共得2.4万字。给石四维写信，连同书稿简介挂号寄去。

《出版广场》编辑部打电话来，要发我的《编辑家、出版家叶圣陶》，问是否已外投？

胡靖打电话来，三校校样要下星期一去取。

4月3日　星期六，晴

将《蔡元培诚聘陈独秀》一文寄《民国春秋》陈晓清。将《忆浦江清师》一文寄《书与人》刘芳，《燕东园之忆》寄《散文百家》。

写《现代儒林遗事》第四章。

4月4日　星期日，晴

上午去旧书市场，买俞平伯《红楼梦辨》，《李平书七十自叙三种》、《纳兰词》、《胡风文艺思想批判论文汇集》第四集、《三毛的生和死》、《铜墙铁壁》初版本（1951），连环画《鲁迅在广州》等，共12.5元。

接《中华读书报》稿酬175元（《燕南园66号》）。

4月5日　星期一，晴

上午7时，乘高速公路长途汽车去京，10时半到群言出版社，在胡靖处取来《负笈燕园》三校稿，页码为495页。胡靖赠他们出版的《被亵渎的鲁迅》一书。12时多，乘汽车回保定，下午5时到家。

上午在京时给章仲锷打电话，他已看完了《林昭的生和死》，他认为很好，已交给杨匡满，希望能在第4期（7月出版）发出。

4月6日　星期二，晴

全天看书稿校样。

《文论报》寄来稿酬85元。

给石四维、戴天恩打电话。

4月9日　星期五，晴

校完了书稿。写《现代儒林遗事》。

4月12日　星期一，晴

上午7时半，乘长途汽车去京，到群言出版社已11时，将校样交给胡靖，遂辞出。

在五四大街的五四书店买《清华逸事》，19.8元；《中国近代官制辞典》，15元。因时间尚早，去西单燕山出版社问稿酬事，来到力学胡同北安里3号，那小院的红门却横着一把铁锁，出版社不知什么时候已迁走。问邻近的一家什么单位的人，说是可能搬到东城北河沿一带，但究竟在什么地方，也说不清。只好作罢，怪不得打了几次电话也打不通。遂即乘车去南站，乘551次车回保定。

4月14日　星期三，晴

上午，写《现代儒林遗事》第五章。

下午，去百草园书店，买《318惨案资料汇编》、《中国历史文献学》、《艾青作品国际研讨会论文集》（只印600部），共35元。

中国作协寄来新会员证。

4月19日　星期一，阴

下午，洁与秦燕乘长途汽车去京。秦燕在外经贸大学的宿舍里有两张床，现有空床一个，正好洁住。洁走后，突感孤独寂寞。

戴天恩寄来《南方周末》访问张元勋的复印件。

下午5时多，洁自京打电话来，她们已到了。

4月23日　星期五，晴

为《旧书交流信息报》写系列文字《古旧书业兴衰录》之一、之二、之三，每篇900字，拟写十余篇，然后再写《文人与旧书》系列。

读《琉璃厂杂记》。

4月26日 星期一，雨

夜里下起了雨，淅淅沥沥，下了一整夜，白天仍未停。我喜欢雨天，雨天是读书的好环境，特别是缠绵的小雨，微雨，而不是电闪雷鸣的暴雨。在雨天，应读轻松的书，如散文、随笔之类，在青少年时代，我留下了许多雨天读散文小品的记忆。

翻阅几本轻松的书，未写作。只不知洁在北京做些什么事，这样的天不能出去，想必也在屋中看书吧！她走时带着几本书去。

连堂打电话来。

4月28日 星期三，晴

时事出版社董伟康打电话来，他已看过《现代儒林遗事》的书稿简介及前三章，认为可在他社出版，询问我何时能写完，我说在年底之前可完稿。

接3月30日《作家文摘》，转载了我的《燕南园66号》。

写《现代儒林遗事》第八章，今日写了4000余字。

4月29日 星期四，晴

写《现代儒林遗事》5000字。

给胡靖打电话，问书事，他说，已开印，印数为8000册。为了减少成本，不至定价太高，旧照片和作者像均未印。

晚，给洁打电话，她们明日回来。

4月30日 星期五，晴

上午写《现代儒林遗事》。

下午6时，洁归来，秦燕给我买来背包一个，正是我所需的那种。

晚看电视剧《二马》剧终。我很喜欢这个剧，可看出老舍早期作品的风格。

5月1日　星期六，晴

上午去旧书市场，买许广平《鲁迅回忆录》，2元；《李白故里楹联集》，1元。

下午写《现代儒林遗事》，完成第九章。

烟台赵曙光、承德刘兰松打电话来。

5月2日　星期日，晴

上午去旧书市场，买《北京图书馆普通古籍总目》第一卷目录门，1990年版，印数2000册，花去10元。

接《旧书交流信息报》种福元、刘爱萍信，《古旧书业兴衰录》将在第一版上连续发表。

接刘经富信。

秦辉、秦燕两家人来，晚餐后去。

5月13日　星期四，晴

上午，胡靖打电话来，《负笈燕园》样书已到，只到了几本，送我的样书下周再去取。彦芳亦在群言出版社，他先拿走了一本，他说，印刷很好，书出来就是胜利。

下午，苑纪久从高阳归来，在他儿子处与他见面，张响涛亦来，畅谈甚欢。5时，他又回高阳。

写《现代儒林遗事》第十五章。

5月15日　星期六，晴

上午去旧书市场，买旧书7本：《萧军纪念集》、《将饮茶》、《张国焘和〈我的回忆〉》、《历代名人论方志》、《同济大学学生运动史》、《南腔北调集》、许寿裳《我所认识的鲁迅》（初版本），共22元。

写《现代儒林遗事》第十五章毕，又写第十六章。

下午，任彦芳自京打电话来，邀我去浙江温州做采写企业家的报告文学，今日去京，明日乘飞机去温州。我婉谢了。第一，我不适应如此紧张的生活。第二，我对写此类作品不感兴趣。第三，我手头正写长篇，况下周又要去京取书。

5月18日　星期二，雨转晴

晨起即下小雨，与洁撑雨伞在街上散步一小会儿便归。下午转晴。

写《现代儒林遗事》第十七章，今写6000多字。

《读书人报》寄来《到冰心家中去》的稿酬197元。

给胡靖打电话，书已到，定星期五去取，秦燕单位车可去京。秦燕自京打电话来。

5月19日　星期三，晴

写《现代遗事》第十七章毕，接着写第十八章，今日写了7000多字。

晚，给秦燕打电话，告星期五去京取书，她单位去车接她回保定。给胡靖打电话。

5月21日　星期五，晴

早晨5时多与洁去火车站，乘552次车去京。8时45分到达北京南站，乘汽车去群言出版社。在胡靖处取样书20本，购书200本，打车拉书去外经贸大学秦燕处，来接秦燕的面包车已到。在秦燕这里吃饭后，即开车回保定，下午4时到达保定。

《群言》杂志第5期"共和国与我"征文中，发了我的《生命：从春天到秋天》，胡靖送我《群言》一本。《负笈燕园》封面和印刷均可，印行8000册，定价26.8元，略显贵些。

5月30日　星期日，晴

写《现代儒林遗事》第二十三章毕。下午，苑纪久从高阳回来，要回石家庄，托他带去赠给铁凝、尧山壁、刘小放、刘章、刘向东、张庆田、曹广志的《负笈燕园》各一册。

6月2日　星期三，晴

写《现代儒林遗事》第二十四章。

北大出版社寄来《北大风》二册及稿酬80元，另有本书编者李宪瑜信。

给戴天恩、石四维、刘经富写信，寄《负笈燕园》。

6月10日　星期四，晴

上午写《现代儒林遗事》第二十七章。

刘向东寄赠他的诗集《母亲的灯》。

下午，去河北大学，访杨建民、许来渠，各赠《负笈燕园》一册。

去华文书社，无所获。

6月11日　星期五，晴

上午，给廖静文、袁行霈、周强、谢冕、奚学瑶写信，寄《负笈燕园》，给蒋颖馨寄《负笈燕园》。接《上海滩》第6期（石四维寄）。

下午写《现代儒林遗事》。

6月14日　星期一，阴雨

晨起有雨，后转阴。9时，洁送我上车站，乘游222次去唐山，路上有雨，下午3时40分抵唐山，金龙来接。

6月15日　星期二，晴

上午去机关，见单学鹏，送他《负笈燕园》。回来时去张学梦家，他不在。

下午，王志勇来，送他《负笈燕园》。

晚，杨立元来，送他《负笈燕园》，他送我《三驾马车论》一书。

6 月 16 日　星期三，阴

上午去机关，在会计室取发工资的龙卡。赠李风桐、白涤非、刘淑文《负笈燕园》，并托刘淑文转送关仁山、刘宝池各一本。

6 月 20 日　星期日，阴雨

上午，去文化宫旧书市场，遇董国和，赠他《负笈燕园》。

下午，王志勇来，送来密封的万里香烧鸡二只。他看完了《负笈燕园》，称它是北大的断代史。

单学鹏打来电话，谈他对《负笈燕园》的看法，多有赞扬。张学梦也正在读，谈了初步认识。大家对这本书还有兴趣。

6 月 22 日　星期二阴，雨

今日回保定，带书 10 余册，稿纸 30 本。12 时 40 分乘游224 次。一路有雨。车晚点 35 分，到保定时已下午 6 时 20 分。洁和秦辉在车站接。

回家后见戴天恩、石四维信，奚学瑶寄赠他的《散文的传统与现代化》一书，及《民国春秋》汇款 96 元。

6 月 29 日　星期二，晴

周强寄他写的《金戈铁马说三国》一书，并信。

给石四维、蒋颖馨、刘卓杰写信。

奚学瑶打电话来，他已读完《负笈燕园》。

接刘小放信，谈《负笈燕园》。

下午，写《现代儒林遗事》。

7月1日　星期四，晴

写《现代儒林遗事》第二十八章毕，下午写第二十九章。

上午，接北京席殊俱乐部《好书》杂志焦国武电话，他看到了《负笈燕园》，觉得很有特色，欲在《好书》上介绍，问我手边有无评论稿，或推荐北京的人去写。我推荐了《中华读书报》的徐晋如（其实，他是北大中文系的学生）。

焦也来访，赠《负笈燕园》。

7月13日　星期二，阴转晴

上午，给张中行、林庚、崔道怡、江枫、赵曙光、赵呈美、秦杰写信，寄《负笈燕园》。

《出版广场》寄来稿酬160元（《编辑家出版家叶圣陶》），蒋颖馨寄来钱穆《八十忆双亲·师友杂忆》、《历代咏牡丹诗词四百首》、《刘白羽研究专集》三本书。

下午写《现代儒林遗事》。

7月14日　星期三，晴

写《现代儒林遗事》，得3000余字。

接《散文百家》第7期2册，发了我的《燕东园之忆》，《旧书交流信息报》发了《古旧书业兴衰录》之六。

将《陈伯吹关于儿童文学的一封信》寄《读书人报》寒星。

7月24日　星期六，晴

上午去旧书市场，又买了几本"文革"时期出的鲁迅著作单行本，计有：《野草》、《朝花夕拾》、《而已集》、《花边文学》，共5.5元。买《普希金选集》第5卷《叶甫根尼·奥涅金》，3元；《第三次国内革命战争大事表》，1元。

今日天气奇热，高温达40度。

写《现代儒林遗事》第三十九章，得4000字。

接赵曙光信。

7月25日　星期日，晴

上午去旧书市场，买《且介亭杂文》，2元。

写《现代儒林遗事》第三十九章毕。

《群言》杂志转来6月29日《齐鲁晚报》一份，该报副刊转载了《生命：从春天到秋天》一文，为"景阳春杯建国50周年征文"头题。

7月30日　星期五，晴

又是一个高温天气。写《现代儒林遗事》第四十二章毕，今日写了6000多字。

连日酷暑高温，每日白天都在三十六七度以上，几为全国温度最高者，中央电视台皆有报道。每天，只有晨起与洁去散步并买菜，约一个多小时，白天根本无法出门，只好在家中写作，每日仍可得五六千字，一日未曾停歇，对我来说，这也是一个奇迹。往年夏季，常闹眼疾或嗜睡，今夏却精神颇佳，精力旺盛。

晚，杏云打电话来。

7月31日　星期六，大雨转晴

从夜2时半起，有雷雨，雨很大。晨起雨住。与洁出外散步，买早点。天又转晴。

接王志勇信并寄7月15日《唐山晚报》，有杨立元评《负笈燕园》的文章《马嘶的"燕园情结"》，并有志勇、杨静女孩心远的百日照二张。

写《现代儒林遗事》第四十三章，得5400字。

8月1日　星期日，晴

由于昨日下了雨，今日酷暑略解，但仍热。

晨起，与洁上街散步，在外面吃早点，又去旧书摊，无所获，遂步行至五四东路旧居处，见拆迁遗址处正在建筑，有四座楼底正在打基。问及施工工人，他们说，明年五一完工。

去邮局交电话费，去银行取款，去小姐妹发廊理发，又去新北街新华书店。10时半，乘车回家。

下午，写《现代儒林遗事》第四十三章毕。

8月2日　星期一，晴

上午，写《现代儒林遗事》第四十四章。

接林庚先生信，他已收到了《负笈燕园》。他在信中写道："收到所赠新著，非常高兴，想不到大学数年生活中，竟是如此丰富，我真是'只因身在此山中'，仿佛如烟似梦了。"

8月4日　星期三，晴

晨起散步时，在公园路一书摊上见到一本《李大钊史事综录》，1989年北大版，只印了1100册，皆为珍贵史料。全书894页。花9元购得。

写《现代儒林遗事》第四十五章，得6000字。

任彦芳自吉林公主岭打来电话来，他在那里采写企业家。

8月7日　星期六，晴

上午，与洁去购物中心，给洁买紫色羊绒大衣一件。

在旧书摊购《回忆中华书局》上编，2元。

8月5日《文论报》发了杨立元的《马嘶的"燕园情结"》一文。

写《现代儒林遗事》第四十六章毕。

8月9日　星期一，雨转晴

夜里，心脏略有不适，脉搏紊乱，含速效救心丸三粒，始解。

晨起有雨，未出。

写《现代儒林遗事》，得4500字。

《旧书交流信息报》32 期发了《古旧书业兴衰录》之八。

8月15日　星期日，阴

晨起，与洁去散步，早点后去旧书市场，买《保定直隶第二师范学校同学录》（1924 年印），《燕京岁时记》，两本共 3 元。买《张西曼纪念文集》，3 元。扉页有张西曼之女张小曼（本书编者）的签名："盛中国同志，为统一祖国振兴中华而奋斗！张小曼，1997.10.21."

写《现代儒林遗事》6000 字。

8月18日　星期三，阴

早晨，送洁去车站，她今日去涿州。

写《现代儒林遗事》5000 字。

给胡靖打电话，谈稿酬事。

给章仲锷打电话，询问《林昭的生和死》，他说拟在国庆 50 周年之后发。

8月19日　星期四，晴

写《现代儒林遗事》第五十四章毕，一日写近 6000 字。

下午，胡靖打电话来，谈汇寄《负笈燕园》稿酬事。请他们通过工商银行，汇入我的存折账号。

8月21日　星期六，晴

上午去旧书市场，买《庚子西狩丛谈》，2 元；《中日关系八十年之证言》第 4 册，3 元，台湾出版的《儿童文学史料1945—1989 初稿》，为作者邱各容签名本，4 元。《鲁迅与高长虹》（此为河北人民出版社刚出版的新书），10 元。

上午，写《现代儒林遗事》第五十五章毕，下午写第五十六章，得 2400 字。

洁从涿州归。

8月23日　星期一，晴

　　上午只写了一两行字即觉困倦，在床上躺了一下，即头晕目眩，再也无法写作，看书。午餐、晚餐未吃。晚上，洁炖了一碗鸡蛋羹，分两次勉强吃下。

　　群言出版社寄来稿费结算单。稿酬9900元（33万字×30元），交纳个人所得税1108.80元，扣购书款3484元（2000本×26.80元×65%），实得5307.20元。

8月24日　星期二，晴

　　仍眩晕，服牛黄清心片。

8月25日　星期三，晴

　　眩晕略好转，仍不能写作，只能在床上假寐。

　　接秦杰信，他已收到《负笈燕园》。他仍在沪上淘书，几个月间已购得民国版书300余册。他说，北京已难淘到民国版书了。

　　晚，杏雨打电话来。

8月26日　星期四，晴

　　今日眩晕已愈，又开始了写作，除了补写三天的日记外，又写《现代儒林遗事》5000字。

8月27日　星期五，晴

　　上午，写完《现代儒林遗事》第五十六章，又将《古旧书业兴衰录》之十二、十三、十四写完。这个题目已写完，明日誊抄后寄《旧书交流信息报》。

　　省作协副主席刘小放打电话来说，中国作协组织作家去杭州创作之家休养，每省一人，可带家属一人，每期10天，河北省作协让我去。9月10日报到，正式通知即寄来。

　　接石四维信。

下午，洁开始保健输液，在朝阳路二院门诊部。

8月28日　星期六，晴

晨起，与洁去旧书市场，买《李白资料汇编》第一册，3元；《艾青选集》（1952年，我原有一本，为刚出版时所购，早已丢失），2.5元。

去农大邮局取《群言》杂志稿酬120元，将《古旧书业兴衰录》第十一、十二、十三、十四挂号寄《旧书交流信息报》。买香港回归纪念邮票2套，4元。

写《现代儒林遗事》第五十七章，得5000来字。

8月29日　星期日，晴

上午，去旧书市场，买"文革"版鲁迅著作单行本中的《中国小说史略》、《汉文学史纲要》、《华盖集》、《华盖集续编》、《集外集》、《三闲集》、《且介亭杂文末编》等7本，共18元。至今，此版本已购到19种，多是今年在旧书摊淘得。

洁改在附近的白大夫诊所输液。

接省作协寄来的中国作协关于去杭州创作之家休假的通知，9月10日至19日，共10天。

8月30日　星期一，晚有雷雨

上午，写《现代儒林遗事》第五十七章毕。

下午，洁去白大夫诊所输液，我去青年路预订北京至杭州的硬卧车票两张，交800元。定8日票，9日上午8时到杭州。

去工商行五四东路分理处，群言出版社汇款已于24日汇到。取款1000元。归来时买西瓜一个，葡萄四斤。

晚有雷阵雨。给上海石四维打电话。

8月31日　星期二，晴

写《现代儒林遗事》第五十八章，得近6000字。

给胡靖写信，将稿酬支付单签字后寄回。给浙江大学中文系教授陈志明学友写信，谈去杭州事，约会面。

下午，洁去输液。

杨振打电话来。接戴天恩信。

9月3日　星期五，晴

写《现代儒林遗事》5000字。

胡靖打电话来，谈《负笈燕园》发行事。他说，给了韬奋图书中心40册。

任彦芳自公主岭打电话来，他明日回京，国庆节前来保定。

复戴天恩信。

9月5日　星期日，晴

接广州暨南大学新闻系教授孙文铄信，他自我介绍说，他是北大中文系新闻专业1954级，但我与他不相识。他听石四维说我有《负笈燕园》，并在搜集林昭的材料。他与林昭同班，也被打成"右派分子"。他索要《负笈燕园》一书，并愿给我提供一些有关林昭的材料。

9月6日　星期一，晴

写《现代儒林遗事》第六十一章，得6000字。

下午，给孙文铄写信，并寄《负笈燕园》和《燕园师友记》。

9月7日　星期二，晴

写《现代儒林遗事》第六十二章，得3000字。

下午，去青年路取车票，硬卧两张，下铺为363元，中铺为351元，另付手续费100元（每张50元），共814元。9月9日15：50开，10日上午7：50到杭州。

9月8日　星期三，晴

做出门的准备工作。

写《现代儒林遗事》第六十二章毕，今日写了5000多字。

9月9日　星期四，晴

早饭后，与洁乘火车去北京，在北京站乘K31次去杭州。夜里睡得很好。

9月10日　星期五，晴

上午8时到达杭州，一下车就觉天气燥热，虽是早晨，阳光却灼热炙人。

中国作协杭州创作之家的负责人柯朗曦开车来接。同车的有从北京来的中国作协二位女士：办公厅的赵振英和外联部的江小燕。柯朗曦告，此次来休养的是华北和东北地区的作家，现已报到的有内蒙古、山西、延边等地的。

柯朗曦驱车沿湖滨走了一段路，才开到灵隐路的创作之家。这里是灵隐寺的脚下，地处幽蔽。这是一幢形式别致的小楼，房舍只有黑白两种色调，一些屋檐依自然景色而建，几棵老树嵌在屋宇中间，倒也新颖。

住房也很幽雅舒适，小餐厅中的几张圆桌，每个家庭占一张桌子，饭菜给摆好，来晚了也有饭菜。

柯郎曦告：集体活动只有二次，一次去绍兴参观鲁迅故居，一次游富春江，其余均为自由活动，在杭州市内不组织集体游览。又说，杭州今夏颇凉爽，昨日才进入高温，据气象预报，高温天气还要持续二三日，下周初可缓解。

饭菜很清淡，没有大鱼大肉，吃起来很爽口，适意。

下午，与洁行至灵隐寺下，乘507次公共汽车环湖游览了一番。

晚餐后，与大家一同去看夜西湖，进入孤山公园。每人票价 3 元。9 时归。

晚上，给秦辉、育秋打电话，报告这里的情况。

9 月 11 日　星期六，晴

上午，与山西田东照一家、延边金得万夫妇等游览飞来峰公园和灵隐寺。每人的票价是 14 元和 12 元，共 26 元。

晚，给上海石四维打电话。他说，最近董伟康来过上海，说定要我在年底把《现代儒林遗事》写完，他即找责任编辑看稿，明年便可出版。又说，《负笈燕园》在上海卖得不错。

9 月 12 日　星期日，雷阵雨

上午，与田东照一家三口、内蒙古老丁一家三口去游西湖，乘坐画舫，每人票价 25 元，中午 12 时才归来。

下午天阴，有雷阵雨。四时，洁与老田爱人搭伴去批发市场购物，我留在房间里读《胡适年谱》。

田东照来谈，赠他《负笈燕园》，又赠金得万《负笈燕园》一本。

9 月 13 日　星期一，晴

田东照之子田晓宇一个晚上看完了《负笈燕园》，来找我谈，问及一些人和事。他 1996 年毕业于山西大学中文系，现在山西省教委工作，他喜研现代文学和语言学，读书很多，我同他颇能谈得来。

上午，同大家一起去绍兴。创作之家租了一辆轿子车，由柯朗曦、陈蕊陪同去绍兴。

车子先开到了绍兴城西南的兰亭。这里是晋代书圣王羲之和一些名流过修禊日雅集之处，千古名篇《兰亭集序》即写于此。这是一处江南园林，依山傍水，竹木掩映，幽静异常。我们在鹅池、流觞亭、墨池、流觞曲水等处照相留念。

来到绍兴城里都昌坊口周家新台门的鲁迅故居时，已是近中午了，因而一切看得都并不仔细。那个长长的老宅院，在鲁迅笔下描写得情趣盎然的百草园，以及鲁迅少年时代读书的三味书屋，都只是走马看花似地浏览了一下，难以留下很深的印象，这是很令人遗憾的。而在鲁迅博物馆中看那些展出的实物，就更是匆匆而过的。我想，要是能在这里住上二三日，方能看得仔细些。不过，我们倒是忘不了在一切可资纪念的地方，都拍照留影。

从鲁迅故居出来，走在大街上，又见那家近几年开办的咸亨酒店，但大家都没有雅兴走进去看看，因为都知道这不过是为了来赚旅游者钱的，它实与鲁迅没有什么关系，它与孔乙己也是风马牛不相及。

归去时，又匆匆看了一下位于市区东南隅的沈园，便是陆游与恋人唐婉相见之地，陆游的那首千古绝唱《钗头凤》就题在沈园的墙上。

我原有意去游一下蔡元培故居，但由于天已不早，且同伴们多无此要求，只好作罢。这又为我留下了一桩遗憾。

9 月 14 日　星期三，晴

与田晓宇谈，赠他《燕园师友记》一册。

上午，与田东照一家游西湖。

下午，与田晓宇、金得万去逛书店，本欲找古旧书店，但问了几个人，皆不知，而中国书店正在搬迁，不接待读者，只好去逛新华书店。见有《国立西南联合大学史料》一套和《吴宓日记》等，皆因书价太贵，未购，只购得一册《吴宓自编年谱》，13.8 元。赠创作之家的柯朗曦、陈蕊《负笈燕园》各一册。

托陈蕊打听汪浙成的电话。陈志明亦迟迟不见动静，不知他是否接到我的信。不过，如果联系上了汪浙成，也就能找到陈志明了。

　　陈蕊找到了汪浙成，我们通了话，他说，他通知陈志明，一起来看我。晚，给秦辉打电话。

　　原拟杭州之旅结束后，再去苏州和南京，这两天洁身体有些不适，又觉国庆节临近，便决定不去了。遂向会计登记19日的返京车票。

9月15日　星期三，晴转雨

　　上午，创作之家组织去游富春江。

　　车子在公路上奔驰，过富阳、桐庐等地，沿途见农村中一幢幢新建的农舍小楼，色彩斑斓，孤立于田野间，与北方景色大不相同，可见江南之富庶。

　　乘游船游富春江，江水清澈见底，两岸山重岭复，煞是壮观。中午在一岛上休憩用饭，饭后又登严子陵钓鱼台。我们没有登最高处，却拍照了许多照片。在小卖部买小干鱼，据说是严子陵钓的那种鱼，俗称子陵鱼，用小塑料袋装，店家索价很贵，每袋要12元，经陈蕊从中斡旋，每袋收8元，买5袋带回。

　　归来时，路过富阳市，参观郁达夫故居。这是一处很大很大的园林，沿江而建，林木茂密，房舍建在一座高台上，房屋却不多。真没想到，郁达夫一家竟住了这么大的一个园林，今日之文人真不能与昔日文人相比。

　　沿着一段长长的甬路和台阶，走到江边一个岛上，那里是一家售货店和餐馆，此时，忽下起了雨，我们只好躲在屋檐下避雨，只见雨点落在江面上，溅起白濛濛的水雾，很有些诗意。雨停后，我们便走出院子，上了汽车，回杭州了。回来已5时半了。

　　晚上，送来19日K32次硬卧车票两张，一下一中，共714元，只收手续费16元。

　　创作之家联系了附近的茶农来卖龙井茶，因索价较高，未成交。我们的要求是又好喝又便宜。

9月16日　星期四，晴

上午，洁与田东照夫人去买丝绸品，我同田东照聊天。

下午，与洁去西湖边漫步，坐在排椅上看湖面，倒也惬意，黄昏时归。

晚饭后，汪浙成、陈志明来。汪为浙江省作协副主席，尚在任上，陈已在浙大中文系退休，他平日不去系里，因而并未见到我的信，还是汪浙成告诉他，才知道我在这里。

我们皆已42年不见面了，只是前几年有书信往来。大家见面非常高兴，畅谈甚欢，且自然回忆起学生时代的事。问及汪浙成的生活，自温小钰逝世后，他仍在独身，只和女儿在一起生活，女儿汪泉已在浙大出版社工作了。

我赠陈志明、汪浙成《燕园师友记》和《负笈燕园》各一册，陈志明赠他所著《古典诗歌鉴赏》和《说唐诗·人生百态》二书，汪浙成赠他的散文集《人生如瀑》。

合影数张，10时许，他们辞去。

9月17日　星期五，晴

上午，与洁去花港观鱼公园。下午，与洁去湖滨散步，闲游，十分自在。

晨，秦燕打电话来。晚，秦辉打电话来。

9月18日　星期六，晴

上午，与洁去丝绸城，买大小围巾15件，回去分给人们。

下午，与洁湖滨散步，6时归。

赠赵振英、江小燕《负笈燕园》各一册。晚，赵振英、江小燕来谈天，至10时才去。

晚，秦辉打电话来。

9月19日　星期日，晴

上午，与洁再去丝绸城，买围巾4条。买路上食品。

下午，在屋中整理行囊。

本期休养已结束，人们纷纷归去。田东照一家回太原，金得万夫妇去上海，然后乘船去大连，由大连返延边。中国作协的赵振英、江小燕与我们同车回京。

陈蕊来告别，谈了一刻。给陈志明、汪浙成打电话告别。

晚，乘K32次，9时40分发车，在车上见赵振英、汪小燕，但不在一个车厢里。

9月20日　星期一，晴

13时40分到达北京站，与赵振英等话别。乘20路车去南站，买751次慢车，20点11分到保定。天已凉爽，加了衣服，打车回家。

接袁行霈寄赠的《当代学者自选文库：袁行霈》，接计伟等人信。

9月21日　星期二，晴

上午，整理东西。任彦芳打电话来，他在保定。

下午，出外冲洗胶卷3个。又去彦芳处。

孩子们送来水果等物。

9月22日　星期三，晴

上午，与任彦芳、焦也去车站洞天书刊批发市场，买《俞平伯日记选》、《我的外祖父俞平伯》、《我的朋友胡适之》等3本书，皆7折或8折，共16元。

下午，写《现代儒林遗事》第六十三章，得2000余字。

赠黄景钧《负笈燕园》一册，曹彭龄《负笈燕园》、《燕园师友记》各一册，托彦芳带至北京去。

9月24日　星期五，晴

中秋节。

写《现代儒林遗事》第六十三章毕，又写第六十四章，全天共写4000余字。

彦芳上午回京。

9月25日　星期六，晴

上午去旧书市场，买《我心中的鲁迅》，4元；《海源阁研究资料》，3元；《中国历代年号考》，2元。

孩子们来过节，无法写作，只写了1000多字。

9月23日《文论报》发了我的《告别"自然保护区"》。

9月26日　星期日，阴

上午，去旧书市场，买《鲁迅回忆录（一）》，3元；《日伪统治下的北平》，4元。在一旧书摊发现几种民国版旧刊，且为签名本，均买下。计有：赵丰田《康长素先生年谱稿》，为《史学年报》第二卷第一期抽印本，1934年出版，封面有："守和先生教正　丰田敬赠 1934.12.22"字样；孙楷第《梁鼓角横吹曲用北歌解》，为辅仁大学《辅仁学志》第十三卷第一节二合期抽印本，封面有"守和师正之"字样；李书华著《雁荡山游记》，为《禹贡》半月刊第六卷第二期单行本，1936年版。此三本皆为16开本，共8元。守和为袁同礼的字，想来这皆是从袁家散出的。袁同礼为徐水县人，曾任北平图书馆馆长多年，1948年12月飞离北平，后任职于美国国会图书馆。从他家中散出的这些书刊当属珍稀之物，颇有收藏价值。

写《现代儒林遗事》第六十四章毕。

下午，计伟从北京打电话来。他在北京出差，顺便淘旧书，已淘得不少有价值的书。他拟去访张中行先生，请他在《负暄琐话》等书上签名。我劝他不必去，因老先生年事已高，不便去打扰。

9月28日　星期二，晴

写《现代儒林遗事》第六十六章，全天写6000字。

小风打电话说，我的老友鲁天钧前几日去世，她已代我去吊唁。我与鲁天钧从初一到高三皆在一个班上，是少年时代的朋友。念大学后，我在北大，他在北京矿业学院，仍常见面，此后，几十年相交甚笃，今日他离去了，颇为悲伤，又叹人生之无常。

10月4日　星期一，晴

写《现代儒林遗事》第六十八章毕。

接孙文铄信，寄来他所写两篇关于林昭及北大反右派的文章，并告知许觉民先生的地址。

中午，任彦芳自京来，邀他来吃饺子，下午4时去。

10月5日　星期二，晴

写《现代儒林遗事》第六十九章，得4800字。

接彭龄（曹靖华先生之子，少将军衔）信并赠书《埃及漫步》、《受命打通地狱之门的人》二书。他的信写得很长，密密麻麻写了4页，对我的两本书多有溢美之词。他毕业于北大东语系阿拉伯语专业，曾长期任中国驻中东地区国家的大使馆武官，但他又是一位作家。

接刘兰松信。

张响涛来，赠他《负笈燕园》。

10月10日　星期日，阴

上午，去旧书市场，又在那个旧书摊见到一本《清朝档册目录》（残本）和陈述《论契丹之选汗大会与帝位继承》，封面有

"守和先生教正后学陈述谨呈"字样，大概又是袁同礼家散出的。遂买下，二本共 3 元。

写《现代儒林遗事》第七十二章。

10 月 11 日　星期一，晴

给董伟康写信，索要《现代儒林遗事》前三章。因书稿将写完，以凑成完整的一部书。

给金得万写信，寄照片及底片。

10 月 13 日　星期三，晴

上午，写《现代儒林遗事》第七十三章毕。

刘兰松寄来《凝望》一书。

给赵振英、江小燕各寄《旧书交流信息报》22 张，用印刷挂号寄走。

10 月 14 日　星期四，晴

写《现代儒林遗事》第七十四章。

复曹彭龄信。给赵振英、江小燕写信，寄在杭州的照片。

10 月 18 日　星期一，晴

写《现代儒林遗事》第七十六章。

接董伟康寄来的《现代儒林遗事》前三章抄稿，接戴天恩寄来的《叶赛宁诗选》。

给许觉民先生写信，寄《燕园师友记》一书。

10 月 20 日　星期三，晴

写《现代儒林遗事》第七十七章毕。

董伟康打电话，询问《现代儒林遗事》的进度，他说："等着你的稿子。"

彦芳自石家庄市归，明日回京。

晚，金得万自延吉打电话来，照片已收到。

10月23日　星期六，晴

上午去旧书市场，买晦庵《书话》，1元。遇四八二厂书友赵玲颐，赠我《中国现代语言学家》第一、二分册，这是他上周买的，我正缺这二册，他便相赠。赠他《负笈燕园》一册。

写《现代儒林遗事》第八十章，这是最后的冲刺了。杀青后，即修改誊抄。

晚，给陈志明、汪浙成写信，寄照片。

10月24日　星期日，晴

上午去旧书市场，买民国版旧平装《作文虚字用法》，民国十三年大东书局出版，1元。

下午，与洁去龙吟斋看书画拍卖会预展。

10月25日　星期一，晴

上午，写完《现代儒林遗事》第八十章，全书写完，约70万字。明日起便开始修改誊抄。

接金得万寄赠的朝鲜文《金得万童谣歌曲选》。

晚上，迫不及待地开始誊抄书稿。

10月26日　星期二，晴

全天抄《现代儒林遗事》稿，抄完第四章，又抄第五章，共写1万字（前三章已抄得很清楚，不必再抄）。按这个速度，一月中旬即可抄完。

10月27日　星期三，晴

抄《现代儒林遗事》稿，得1万字。速度很快，但很累。

10月28日　星期四，晴

上午，中国作协赵振英打电话来，我寄她的《旧书交流信息报》和照片均收到。她又告：江小燕去南斯拉夫了。

接许觉民先生信，我寄的信和书均已收到，《文弱女子性刚烈》一文将收入他编的林昭纪念文集中。

上午，张响涛来。下午，苑纪久来谈。

耽误了抄稿，今日只抄了 4500 字。

晚，赵义和（一合）打电话来。

10 月 30 日　星期六，晴

上午，去旧书市场，买《中国琵琶史稿》，3 元；《一二·一运动史》，2 元；《准风月谈》，1.5 元。

归来后抄稿，下午仍抄，得 5000 余字。

11 月 1 日　星期一，晴

抄写《现代儒林遗事》7000 余字。

彦芳昨晚来保定，在这里住五六日。

订明年上半年报纸，有《中华读书报》、《文汇读书周报》、《文论报》、《旧书交流信息报》、《文艺报》等，共 107.58 元。因为不知道什么时候搬家，故先订半年。

晚，复田晓宇信。

11 月 4 日　星期四，晴

抄写《现代儒林遗事》第十一章。

下午，时事出版社董伟康打电话来，他说，拟在明年 1 月 7 日的图书订货会推出此书，希望我不要全抄一遍，能看清的就不必抄了，望能在本月底把稿子送来。

他这样说，我就不必从头至尾抄写了，只整理、修改即可。

11 月 5 日　星期五，晴

改第十二、十三、十四、十五章，速度是快了许多，但不知编辑能否看清？我历来很重视稿子的整洁度，且养成了把稿子抄得清清楚楚再往外寄的习惯，如今这样做起来，总觉得不很妥帖。但时间如此紧迫，也只好这样做了。

上午，去旧书市场，买《吴宓日记》第4册、《懒寻旧梦录》（夏衍）、《卖文买书》（郁达夫）、《量守庐学记》、《国学宗师胡适》，5本共19元。买《中国典籍与文化》1994年第1期，1元。

抄改《现代儒林遗事》，今日完成两章多。给鲁天钧夫人打电话慰问。

11月13日　星期六，阴

上午去旧书市场，买《论庚辰本》，1元；《紫禁城的黄昏》，6元；《中文工具书使用法》，4元。

改《现代儒林遗事》第二章。

11月17日　星期三，晴

改《现代儒林遗事》第二章。

晚，张元勋自曲阜师大打电话来，谈很久。他希望由我出面，在明年北大校庆时，召集原《红楼》编辑部同仁聚会，大家来畅谈。既有《红楼》编辑，也有骨干作者。这当然要包括谢冕、张炯、康式昭、江枫、张元勋、任彦芳、王金屏、马嘶等人，还要包括王克武、杜文堂、张玲、沈泽宜、赵曙光等一批人。这样多的人，召集起来可不大容易。在北京的还容易些，在外地的就不易集齐了。

11月18日　星期四，晴

今天改稿速度极快，完成四章。

11月20日　星期六，晴

晨起即改稿，完成了第五十一章。

早饭后去旧书市场，买《庭闻忆略——回忆祖父罗振玉的一生》、《胡兰畦回忆录》，5元。旧书摊被文化稽查人员轰散，便也回来了。

全天改《现代儒林遗事》四章。

11 月 26 日　星期五，晴

上午，董伟康打电话催问书稿，定下周一送去，只剩下一章多就全部改完了。

11 月 27 日　星期六，晴

下午将《现代儒林遗事》八十章全部改完，近 70 万字。这些日子生活相当紧张，这回可以放松一下了。

给张元勋写信，寄《燕园师友记》和《负笈燕园》，并寄《红楼》创刊号封面，这是他写文章所需的材料。

11 月 29 日　星期一，晴

晨起，携带书稿乘 552 次车去京，到达时事出版社已是 11 时了。

董伟康拟将书名改为《新儒林外史》，我说，作家出版社似乎出过一部小说，书名就是《新儒林外史》，或者叫《现代儒林外史》亦可。谈及稿酬时，我意可用版税制，董说，如果印数不多，还不如千字稿酬更为合适。时事出版社的稿酬标准是千字 30~50 元，且有印数稿酬。如一次性买断，所得也不会多。他说，准备赶在 1 月 10 日图书订货会之前印出，但时间太紧了。如赶不上，就只好等秋季图书订货会了。

中午，董伟康领我去外边饭馆吃饭，刚坐下来，便遇一个他相熟的书商，一同就餐，由书商付了账。

饭后去南站，乘 751 次回保定。

11 月 30 日　星期二，晴

上午，张元勋自曲阜打电话来。杨振从北京打电话来。

与洁去照相馆拍照旧画6幅，24元。

给计伟、刘兰松寄《负笈燕园》。

12月3日　星期五，阴

写《魏建功与台湾国语运动》一文，未竟，得2000字。

读新到的《新文学史料》。

12月5日　星期日，晴

上午去旧书市场，买《一二九运动与北平师大》，3元；《清朝野史大观》第1册，1元；《安娜·卡列尼娜》上下册，7元。

晚饭后，给董伟康打电话，关于书稿，他仍是拟叫《新儒林外史》，又问我关于稿酬之事考虑如何，我说，就按千字稿酬算吧！

给章仲锷、戴天恩、小风、卓杰兄打电话。

12月6日　星期一，晴

写《魏建功与台湾国语运动》一文毕，4500字。

接《读书人报》（12.3）三份，发了我的《陈伯吹谈儿童文学的一封信》。

晚读《吴宓日记》。

12月8日　星期三，晴

上午，抄改旧作《"预谋"读书》一文，寄《文论报》刘向东。

下午读《吴宓日记》。

12月10日　星期五，晴

读《五四民主观念研究》、《我的外祖父俞平伯》。

上午，彦芳自京打电话来，他拟于下周二三来保定。

晚，接杨振电话，他拟于明日来保定。明日上午从西站上车，买好票即打电话来。

12 月 11 日　星期六，晴

11 时，杨振打电话说，因夜里老伴患病，今日不能来保定了。遂与洁去赴育秋家宴。

12 月 12 日　星期日，晴

上午，去旧书市场，买《中国左翼文学思潮探源》、《灵隐逸话》、巴金《随想录》第 1 集、《民俗之光——写北京的北京人》、《蒙田》等 5 本书，共 6.5 元。

读《吴宓自编年谱》，翻阅旧报纸，剪报。

晚，杨振打电话来，明日来保定。

12 月 13 日　星期一，晴

上午 10 时，杨振自京打电话来，他已买上车票，12 时 33 分到保定。与洁去市场买肉食、蔬菜等，后去车站将杨振接来，中午在食乐中心吃羊肉火锅。

下午，与杨振畅谈，从北大谈到芦中，几十年旧事均成为话题。赠他《负笈燕园》，他赠我苏联电视剧本《刑侦三杰》和《苏联当代戏剧选》，前者为他与别人合译，后者有他译的一个剧本。

晚，与杨振谈至 11 时方睡。

任彦芳打电话来，他已来到保定，邀他明日来玩。

12 月 14 日　星期二，晴

上午，彦芳来，中午一同去食乐中心午餐，午饭后，彦芳离去。下午 3 时，与洁去车站送杨振回京。

接《作家通讯》今年第 2 期。

12 月 15 日　星期三，阴

夜里腹泻一次，晨起有雾，但阴冷。

上午，开始构思多部长篇小说《世纪学人》的创作计划，这是多年来的梦想。

下午，读《吴宓自编年谱》，剪贴旧报资料。

复计伟信。

12月17日　星期五，晴

上午，写《世纪学人》第一部《日月光华》的创作计划。

接《旧书交流信息报》第50期20份，发了我的《古旧书业兴衰录》第十四章，至此，此题已发完。

给燕山出版社赵珩写信，索要《燕园师友记》一书的稿酬。

12月18日　星期六，晴

上午去旧书市场，买《回忆我的父亲张恨水》、《李大钊诗文选集》、《中共中央在香山》、《我和溥仪》、《浮沉杂忆》（陈学昭）、《绘画基础知识》等6本书，价9元。

杨振打电话来，他已将我托他带给袁行霈、周强的《燕园师友记》交给北大中文系资料室一熟人，托他转交。

12月19日　星期日，晴

今日天冷，未去旧书市场。

考虑《日月光华》创作计划，写人物小传。

从今年日记中统计全年购新书和旧书的数量，截至今日，全年购书279册（内有新书22册），绝大部分为旧书，共花1109.3元。买旧书好处多，一是能买到许多稀见或绝版之书，二是价格便宜得多。

接徐州画家刘山民《中国画宣传册》，似为赵呈美所寄。画册扉页有刘山民题"马嘶先生雅正"字样。数年前，刘山民曾为我绘《天女散花》一幅，那时，他名气还不太大，又写小说。前两年，中央电视台曾报道他在北京美术馆举办个人画展之事。

12月20日　星期一，晴

写《日月光华》人物小传。

给刘山民写信，寄《负笈燕园》。

给张玲写信，因不知她的住址，信寄中国社科院外国文学研究所。

读毕《吴宓自编年谱》。

12月21日　星期二，晴

上午，写《日月光华》人物小传。

拟写"世相小品"若干篇，拟题目。

燕山出版社总编赵珩打电话来，他已接到我的信，答应在春节前将稿酬汇上。

接《读书人报》汇来的稿酬（《陈伯吹谈儿童文学的信》）208元。给《新文学史料》汇款53元，继续订阅2000年刊物。买邮票8元。读钱穆《八十忆双亲·师友杂忆》和《钱穆与七房桥世界》。

晚，给董伟康打电话，问书稿事。他说，责编已看完，认为总的很好，前面的较细，后面差些，现正由编辑部主任看，然后他再看。但恐在本次订货会上拿不出去了。

12月22日　星期三，晴

上午，写《日月光华》人物小传。

接赵曙光信，由彦芳和我介绍，他已被批准加入中国作家协会。读钱穆《师友杂记》，颇感兴味。

晚，杨振打电话来，谈去圆明园鉴定古画之事，拟定于下周一去京。后思之，又觉应在元旦以后去，那时，可以去时事出版社商谈书稿之事。

12月23日　星期四，晴

拟于明年在《旧书交流信息报》上再开《文人与旧书》栏目，遂写《文人与旧书》之一《鲁迅情系琉璃厂》，之二《郁达夫卖文买书》，之三《郑振铎抢救珍籍》，每篇1200字。

下午读《师友杂忆》，极感兴味。钱穆之文读来隽永又亲切，除了有很丰厚的学术信息量，且又有许多可资借鉴的人生体验与彻悟。

晚，给杨振打电话。

12月24日　星期五，晴

写《文人与旧书》之四《顾颉刚江浙访旧书》、之五《陈寅恪散尽千金为买书》。

读钱穆《师友杂忆》。

12月25日　星期六，晴

上午去旧书市场，买旧书10本，共17元。计有：高尔基《文学书简》下册、《回忆鲁迅》（周建人）、《再思录》（巴金）、《卢沟桥事变与中华民族的觉醒》、《中国人民解放军简史》、《第三次国内革命战争概况》、《清代民国快信邮票研究》、《古代名家养生箴言》、《蔡元培》、《萤火集》（牛汉）等。

接《旧书交流信息报》约稿信。

晚，给杨振打电话，明日去京。

12月26日　星期日，晴

上午，去马家老鸡铺买扒鸡二只，盒装，带北京去。中午，乘K214次车去京，下午2时到西站，乘320次到海淀黄庄，再乘332路车在北大西校门下车，步行去圆明园、101中学，来到杨振家已4时。

杨振爱人景秀莉正在住院，家中无人，我二人谈至11时方睡。

12月27日　星期一，晴

上午，与杨振去圆明园管理处文物科，见科长杨来运及王双正、刘继文等人，让他们看带去的三幅旧画。他们不能鉴定其年代及价值，答应再请故宫博物院的专家们看。王双正赠他编著的《梦惊圆明园》一书，我却没有带书去，无书可回赠他，只交换了名片。

下午，与杨振穿越北大校园，去北大南门外的风入松书店。在校内的书店，买《梁漱溟先生年谱》，5元；《纪念黄药眠》，6.1元。在风入松买《清华旧影》，19.5元；《日军铁蹄下的清华园》，12元；《藏书与文化》，18元；《中国近代学制史料》第2辑下册，8元；《刘承干与嘉业堂》，3元。

在风入松找《清华人文学科年谱》，用电脑查询，说还有2本，但却无处可觅，想是刚已售出，甚是遗憾。

在书架上见《负笈燕园》，问及售货员，说是卖得可以。

从风入松出来，与杨振去西苑医院看望他爱人景秀莉老师。

晚，杨来运来电话，他尚未跟专家联系上。只好再住一日了。

给董伟康打电话，他说书稿在编辑手中，他病了，未上班。他说，请放心，书肯定要出。

洁打电话来。

12 月 28 日　星期二，晴

上午，与杨振去海淀图书城，在中国书店买《沈钧儒年谱》，7.2元；《陪都文化论》，13.8元。

中央电视台节目主持人陈铎来杨振家拜年，他明日去都江堰。

晚，杨来运打电话来，专家仍未联系上，只好等过了新年再说了。

决定明日回保定。

12 月 29 日　星期三，晴

上午，离开杨振家，去北京西站乘车，中午12时半到保定。

接魏至、戴天恩贺年片。

接张元勋寄来的挂号件，他的信长达 18 页，谈对《负笈燕园》的看法，并谈及许多北大旧事。寄他写的《北大往事与林昭之死》打印稿，《今日名流》明年第 2 期将发表。又寄来他的学术专著《九歌十辨》一书。

12 月 30 日　星期四，晴

早晨，登记今年的购书账，全年买书 298 册，内有新书 31 册，其余为旧书，共用去 1187.4 元。

接赵振英贺年片。

2000 年日记

1月1日星期六，晴

　　早晨，小风打电话来。

　　上午，去旧书市场，买《俄罗斯苏维埃文学简史》，4元；《五四运动与北京高师》，3元；《归识岁寒人》，2元。

　　与洁去秦燕家，晚饭后归。

　　接田晓宇贺年片。

　　晚，王志勇打电话来。

1月2日　星期日，晴

　　上午，去旧书市场，买《延安文艺回忆录》，3元。又去车站洞天图书批发市场，买《英国作家论文学》，5元；《量守庐学记》，2元；《香港沦陷日记》，2元；《名家书画市场行情》，10元。

　　焦也来谈。

　　苑纪久自石家庄打电话来。

　　读《清华旧影》。

1月3日　星期一，晴

　　接张玲信，她是去外文所时才见到我的信的，立即复信。我们分别已43年，总算又联系上了。她前半生生活坎坷，近年来成绩颇丰，有多种译著问世。

1月5日　星期三，雪

　　写《日月光华》人物小传。

　　读《藏书与文化》、《师友杂忆》。

1月9日　星期日，晴

上午去旧书市场，买《双山回忆录》、《回忆旧北京》、《文化史料》第8辑等书。

给张元勋、张玲写信。

接张玲寄来她的《画家宗其香传》和她与张扬译的《呼啸山庄》。给张玲寄《负笈燕园》和《燕园师友记》，给魏至寄《负笈燕园》。给上海古籍出版社汇款11元，订阅今年《古籍新书目》。

单学鹏自京打电话来，他正为他的长篇小说找出版社。

1月10日　星期一，晴

写《日月光华》人物小传。

接秦杰信，言民国版旧平装书价格近日急剧上扬，淘好书已极不易了。

晚，给杨振打电话。

1月11日　星期二，中雪

晨起，与洁冒雪外出散步，买菜。

写《日月光华》人物小传。

复秦杰、计伟信，拟给计伟寄我的《芦笛集》和《紫骝斋文学论评》，但雪仍在下，无法出去寄信。

彦芳自京打电话来。

1月12日　星期三，晴

夜里又下了雪，地上积雪很厚，但晨起便晴了。早晨，与洁踏雪出去散步，买牛奶归。

下午，写《看望林庚先生》一文，1800字，拟寄《读书人报》。

将昨日的信发走。

下午，有唐山名刘文欣者打来电话，他是我的读者，近日在北京风入松书店买到《燕园师友记》一书，想同我聊聊。他在京唐港工作，是唐山市商检局副局长，今年44岁，毕业于景德镇陶瓷学院。看来，这是一个爱书者，痴迷于高雅的精神生活，我极愿与这样的人交往，尤其是年轻人。他说，有机会要来看望我。我向他介绍了《负笈燕园》一书，他说要设法去买。

1月13日　星期四，晴

晨起，杨振打电话来，他明日与一商家来保定，去秦燕的公司联系代售工艺品事。又说，《清华人文学科年谱》一书，他已从清华大学出版社购得，明日给我带来。

《旧书交流信息报》总编种福元来信说，二年内拟编辑出版"古旧书刊交流丛书"，我可以单独出一本，以在该报发表的文章为主，约10万字。

1月14日　星期五，晴

中午，杨振偕乔女士来，找秦燕联系商事，在食乐中心午餐。杨振带来《清华人文学科年谱》赠我。饭后去秦燕所在的工艺品进出口公司，下午从那里回京。

下午，整理1998年购书账，全年购书213册，内有旧书138册，共用款1625.8元。

读《清华人文学科年谱》。

1月15日　星期六，晴

上午，去旧书市场，买《杨晦文学论集》，5元；《连环画报》1999年二期二本，3元。

将《看望林庚先生》寄《读书人报》，《文人与旧书》之三、之四寄《旧书交流信息报》。

任彦芳来保定，打电话来要我去吃午饭。他在老兵馆饭店宴请一温州企业家，还有安新县志办的一位，共5人。下午三时归。

彦芳送他新出版的长篇报告文学《大海的儿子》一书及《北京大学纪念五四运动七十周年论文集》。

晚读《清华人文学科年谱》。

1月17日　星期一，晴

写《文人与旧书》之六《伦明与通学斋》、之七《朱胡子名震旧书界》、之八《胡适的藏书》。

剪贴旧报。

1月18日　星期二，晴

写《文人与旧书》之九《朱自清逛旧书店》、之十《钱穆五年购旧籍五万册》、之十一《罗振玉力保文渊阁残书》。

读《清华人文学科年谱》、《藏书与文化》。

1月20日　星期四，晴

接魏至信，寄来魏建功所撰《胡适之寿酒米粮库》和《刘半农先生行状》等复印材料。这是我向他要的材料。

1月21日　星期五，雪

写《文人与旧书》之十二《张中行的杂收与杂览》、之十三《邓之诚治学买书博而返约》。

接张玲信，信写得很长，约二三千字。她写道："昨午收到大作后，立即推开手头书稿展读，直至今晨6时。掩卷后——借用一句套语——真是百感交集。"

下午，下起小雪，预报有中雪。

读《藏书与文化》。

1月23日　星期日，晴

上午，唐山刘文欣打电话来，言已从风入松书店邮购到《负笈燕园》一书。他明日去石家庄开会，拟中途在保定下车来看望我。

11时，大鹏接我们去育秋家。用大鹏的手机给小风、酒堂、董伟康、张玲、张元勋等打电话。

1月24日　星期一，晴

上午，刘文欣来访，带来茶叶和酱牛排二盒，谈书事颇畅。他带来了《负笈燕园》让我签名，又赠他《芦笛集》、《紫骝斋文学论评》。

中午，刘文欣在玉兰香饭店请吃海鲜，饭后，他去石家庄开会。

1月30日　星期日，晴

上午去旧书市场，买《竺可桢日记（二）》，5元；《蒋介石清党内幕》，1元；郭小川《谈诗》，1元；《郭沫若著译系年目录》，2元。

读《清华人文学科年谱》、《竺可桢日记》。

给董伟康写信。

1月31日　星期一，晴

接张玲信，告2月22日北大中文系为林庚先生祝九十大寿。告杜文堂通信地址和电话。

秦燕明日去京，后日去意大利参加国际博览会。

给林庚、魏至、戴天恩写信拜年。

2月2日　星期三，晴

接北大中文系邀请函及请柬，邀我参加2月22日举行的林庚先生九十华诞祝寿会。

2月1日《文论报》发了我的《"预谋"读书》一文，2月1日《老年报》发了我的《登山》一文。

2月4日　星期五，晴

农历腊月二十九日，大年除夕。

因秦燕出国，上午，与洁去她家，与小赵、秦吴一起过年。

接福建晋江深沪东坡新村搏风斋陈树林来函，询问关于鲁迅著作版本之事。这又是一位不相识的书友，恐皆是从《旧书交流信息报》那里得知我的地址。

2月6日　星期日，晴

正月初二，孩子们来。

董国和、刘文欣、王志勇先后打电话来拜年。

晚，给上海石四维、北京张玲打电话。

2月7日　星期一，晴

昨夜下了雪，晨起却是大晴天。

给赵曙光、张元勋、江枫、陈志明打电话拜年。

接中国作家协会贺年卡。

2月9日　星期三，晴

正月初五。

上午，复福建陈树林信。将参加林庚先生90大寿的回执寄北大中文系李简教授。

2月11日　星期五，晴

给谢千、杨健民等打电话。

读完《清华人文学科年谱》。

下午，卢玲姐妹送来柿子一箱，赠她《负笈燕园》。

2月12日　星期六，晴

上午去旧书市场，买《鲁迅佚文辑》，4元；《斯诺在中国》，4元；《徐志摩诗集》，2元。

接计伟、刘兰松信。

中午，张玲打电话来，她说，她问过北大中文系，我们是作为贵宾参加林庚先生祝寿会的，招待所不收费。

下午，开始写庆祝林庚先生九十华诞的文章，得1500字，未竟。

晚，魏至打电话来。谈及魏建功先生的事，他说，魏先生留下了许多"文革"时写的"交待材料"和外调材料，涉及许多历史人物，如陈独秀、鲁迅、周作人、胡适、钱玄同等，皆是十分珍贵的材料，有许多鲜为人知之事。又说，魏先生逝世后，由于友人的介绍，曾将魏先生的藏书1万册，以5万元卖给了华中理工大学，其中包括海内孤本《中原音韵》等书。但现在仍有万册左右，许多签名本和批注本皆未卖。听了这些情况，我产生了去访魏至的愿望，以便对魏建功师了解得更多。与魏至通话约半小时，谈得很投契。

2月13日　星期日，晴

上午去旧书市场，买《外国文艺》创刊号，2元。

下午，将祝贺林庚先生的文章写完，2700字，题为《你啊是新诗摇篮旁的心》。彦芳打电话来，他与任寰来保定，任寰在写她的关于京剧的一本书。

给董伟康打电话。

2月14日　星期一，晴

下午去谢千家，赠他《负笈燕园》。4时出，去河北大学友联书店，买特价新书三本：《现代贤儒——鲁迅的挚友许寿裳》，

10元;《孙犁传》(8折), 10.48元;《张元济传》(8折), 11.3元。

晚8时, 秦燕归来。她去了意大利、法国、荷兰、德国。

2月16日　星期三, 晴

抄改《你啊是新诗摇篮旁的心——敬祝林庚师九秩大寿》, 3000字。在复印部打印4份。

读《现代贤儒》。

2月17日　星期四, 晴

上午, 有一位四川广元市建设银行的杨忠打来电话, 询问古籍《东征集》的版本之事。他在旧书摊购得蓝鼎元《东征集》一函, 雍正年间出版, 书页上有焦循手写的批语, 并有他的藏书印。我想, 这是焦循的藏书, 定是珍稀之书, 或可称为善本。

《旧书交流信息报》发了《文人与旧书》之三《顾颉刚江浙收购杂书》(2月14日)。

2月18日　星期五, 阴

下午, 乘307路汽车去任彦芳处, 在华北电力大学站下车时, 在青年路发现一家新开的旧书店非凡书店, 书颇多。女店员很面熟, 似在旧书市场出过摊。挑选了19本书, 共价70元。计有林庚《问路集》, 3元;《吴宓日记(一)》, 10元;《吴宓日记(二)》, 7元;《吴宓日记(八)》, 8元;《中国现代社会科学家传略》第1辑, 3元;《马雅可夫斯基诗选》下卷, 3元;《中国近代史资料选编》下册, 3元;《学界宗师》, 3元;《北京图书馆藏革命历史文献简目》, 5元;《梁启超传》, 8元;《苦笑录》(陈公博), 2元;《为书籍的一生》, 3元;《忆父亲张恨水先生》, 5元;《李太白全集》中册, 5元;《太平洋战争史》第一、二、四、五卷(缺第3卷), 9元。

将《问路集》赠彦芳, 我已有一本林先生的签名本。彦芳明日去容城，后天回京，准备去北大参加林先生的祝寿会。

晚 10 时半，四川广元杨忠又打电话来。

2月19日　星期六，晴

上午去旧书市场，买《卢沟桥文集》，1 元；《普希金娜的故事》，1 元。后与洁去秦燕家过元宵节。

午饭后，与洁、秦昊又去非凡书店，准备给秦昊买些绘画书，他选了《家庭装饰设计》四册，40 元。又买《资平自传》，1 元；《苦瓜散人自述》，3 元；《向韬奋学习》，1 元；《吴宓日记》（五），7 元。共花去 52 元。又去开明书店（古旧书店），买旧书 7 本，花 35 元。计有：《延安鲁艺回忆录》、《报人张季鸾先生传》、《中国当代社会科学家（六）》《陈独秀被捕资料汇编》、《郑天挺学记》、《玄圃论学集》、《中国报学史》等。

晚饭后，与洁回家。

接广元杨忠寄来的快件，为《东征集》自序及目录的复印件，请我帮助鉴定。

2月20日　星期日，晴

明日要去北大参加林庚先生祝寿会，今日做些准备工作。

翻阅有关材料，寻找有关蓝鼎元、焦循等人的资料。

晚，杨忠打电话来。

2月21日　星期一，晴

中午 12 时，乘 K214 次车去京，下午 4 时到达北大五院中文系办公室，报到后，由一位隋姓硕士研究生送我去勺园 8 号楼房间里。她说她是褚斌杰的研究生，烟台大学毕业。

来到房间里，沈泽宜已在那里，分别 43 年未曾见过面，见面热烈拥抱。他在浙江湖州师院任教，他赠我《梦洲诗论》一书，我赠他《燕园师友记》和《负笈燕园》。

任彦芳来，他也住在勺园，在另一个房间里。

给段伟中、张玲、江枫等打电话。

晚，任寰、任新来。段伟中来谈，赠他《负笈燕园》和易水砚一方。

2月22日　星期二，晴

晨起，在未名湖畔漫步，寻回40多年前的旧梦，行至朗润园边折回。

上午9时半，在勺园7号楼多功能厅召开林庚先生九十华诞祝寿会。会很隆重，到的人很多，会前，见到了张元勋、张玲。在会上，又见到袁行霈、周强、李任、谢冕、张炯、江枫、严家炎等。

在会上发言的有季羡林、任继愈、杜运燮、袁行霈、张元勋、沈泽宜、任彦芳、傅璇琮、褚斌杰等。我原想去发言，因发言人太多，时间又紧，便作罢。林庚先生致了答辞。

在会上，发了林庚先生新出的几本书，有《空间的驰想》、《诗人李白》、《新诗格律与语言的诗化》等。大会合影后，又与谢冕、张炯、江枫、张元勋、沈泽宜、任彦芳、张玲、阎纯德等人合影。

中午会餐。这一桌多为《红楼》同人，这一次，等于是一次《红楼》同人的小聚会。

下午，张元勋夫妇、张玲、江枫等来房间里闲谈。张玲邀我明日上午去她家，有一次小小的聚会。

晚，给杜文堂打电话。杨振来谈。

2月23日　星期三，晴

早饭后，中文系副主任张鸣来谈，赠他《负笈燕园》和《燕园师友记》，又赠中文系《负笈燕园》一册，请他转交。

他要去我的发言稿一份。张鸣为 1977 级学生，后又读硕士研究生，毕业后留校任教，主治古代文学。

上午，离开北大去时事出版社。与董伟康商定，将《现代儒林遗事》压缩成 50 万字，出厚厚的一本，这样好卖。将书稿取回，回去修改、压缩。

打车去双榆树张玲家。在那里见张元勋夫妇，王大鹏、黄文华夫妇，李任、田树生等，又见张玲的丈夫张扬。

中午，由张元勋做东，在饭馆宴请大家。

下午，辞出，去西站，乘 K217 次回保定，到家已 8 时半。

2 月 24 日　星期四，晴

几日劳累，很觉困倦，上午翻阅报刊。

广元杨忠打电话来。

饭前小睡片刻。

下午，看《现代儒林遗事》稿。

2 月 25 日　星期五，晴

开始修改《现代儒林遗事》，但有无从下手之感。

将《你啊是新诗摇篮旁的心》打印稿寄《文论报》。

2 月 26 日　星期六，晴

上午去旧书市场，买《茅盾研究资料》上册，2 元。

改稿，但身体倦怠，效率很低。恐要有个过渡期，方能大干。

《读书人报》寄来稿酬 180 元，大概是《看望林庚先生》一文已发，但尚未见到样报。

下午去邮局领款，给李任寄《燕园师友记》、《负笈燕园》二书，给杜文堂寄《燕园师友记》，他已买了《负笈燕园》。给李任、杜文堂写信。

2月29日　星期二，晴

修改《现代儒林遗事》，不清楚者皆重新抄写，要弄一部清楚整洁的稿子。

接《读书人报》2月18日出版的第73、第74期合刊，副刊以头题发了我的《看望林庚先生》一文。寒星寄2份，报社寄1份。本期发表了《停刊启事》和《告别读者》，说是"接上级指示，从本期起即停刊"，不知是何缘故？此中定有文章。此报忽然停刊，实令人感到遗憾。三年中，我在这家报纸上发表十来篇文章，今似是少了一个新朋友。

下午给北大中文系张鸣写信，寄去《红楼》创刊号封面书影，他说要做纪念刊时用。

给王大鹏、黄文华夫妇写信，寄《负笈燕园》、《燕园师友记》二书。王大鹏是中文系1955级的，在中国社科院文学研究所任研究员，黄文华为德文专业1955级，在鲁迅文学院任教。

3月6日　星期一，晴

修改《现代儒林遗事》。

张玲寄来《林昭，不再被遗忘》一书，此书由长江文艺出版社出版，印5000册，书中有我的《文弱女子性刚烈——忆林昭》一文，亦有张元勋、张玲等人的文章。

寄还戴天恩的《胡适年谱》、《笳吹弦诵在春城》二书，并寄赠《意象派诗选》、《我自己的歌》和《普希金娜的故事》三本书。印刷挂号费5.9元。

3月12日　星期日，晴

晨起，改《现代儒林遗事》一个半小时。

早饭后，去任彦芳处，他昨日来保定。路过非凡书店与开明书店两家旧书店，买《国民党人与五四运动》，4元；《五四新文化的源流》，6元；《我的一个世纪》，5元；《中国图书论集》，7元；《一二九诗选》，5元。

河大的许来渠和农专的焦也亦在彦芳处，许来渠赠《许来渠诗文研究》一册。

中午，焦也在老兵饭馆请饭，饭后归。

下午改《现代儒林遗事》。

3月14日　星期二，晴

王大鹏寄赠他编选的《百年国士》一套4册。我曾在《文汇读书周报》上见过评价此书的文字，此书多选鲜为人知的学界文坛信息，极有资料价值。上午，广元杨忠打电话来，说他见到一册线装书《赤雅》，邝湛若著，乾隆十一年刻，索价100元。我不知此书，亦不知邝湛若其人，答应查查资料。他又说，前些时购得的《东征集》，有人出价5000元让他转让，他不肯出手。

群言出版社胡靖打电话来，拟上报《负笈燕园》参加今年的中国图书评奖，问我有无评价文章，如有，尽快寄去。但我想，这是没什么希望的。中国每年出版10万种书籍，而得奖图书极少，且评奖又多注重内容。

3月16日　星期四，晴

改《现代儒林遗事》。

上午，保定市财政局赵国强打电话来，他也是个喜淘旧书的人，常读我的文章，愿交往。他是重庆大学研究生毕业。

下午，杨忠打电话来，《赤雅》一书已让别人买去，他甚感遗憾。但他又买到乾隆年间的《聊斋志异》残本。我想，蒲松龄虽生活在顺治、康熙时代，但他的《聊斋志异》是在写出后过了百年左右才出版的，清人杨复吉在《梦兰琐笔》中说："蒲留仙《聊斋志异》脱稿后百年，无人任剞劂。乾隆乙酉、丙戌，楚中浙中同时授梓。"那么，杨忠买到的残本可能是最早的版本了，但不知他是哪一种版本？

下午 4 时，与洁到灵雨寺街的旧书摊主戴建新家中去看旧书，购得 6 本，共 6 元。计有《中国文学史名词解释》、《文史工具书手册》、《巴金年谱》（上）、《四川名胜》、《人间词话》、《曹雪芹在西山》等。小戴是旧书市场中进书最快最多，索价又最廉者，大家都愿意买他的书，我从他那里买的书最多。

又从小摊上买《十八世纪中国与欧洲文化的接触》（1962 年版），《博物学概论》（朱学勤著，1957 年，印 1000 册）。

3 月 17 日　星期五，晴

改《现代儒林遗事》。

财政局赵国强打电话说，他收藏有一本法国人写的手稿，有四五百页，写于 1851 年。他是从徐水老家买到的。他去过河大，那里却无人识得。我说，可以拿到北京去，我找人去看。此手稿也许是极有价值的东西。

整理抄录《文人与旧书》之十《罗振玉力护文渊阁残书》、之八《胡适的藏书》，寄《旧书交流信息报》。

给胡靖写信，寄杨立元所写《马嘶的燕园情结》一文复印件及书稿简介。

晚，给王大鹏打电话。

3 月 19 日　星期日，晴

上午去旧书市场，买《中国史学史》，3 元；《蔡元培年谱》，2 元；《莎士比亚年谱》（英汉对照），1 元；刘绍棠《夏天》初版本（1956），2 元；《中国新闻事业简史》，2.5 元；《冰心评传》，2.5元。

改《现代儒林遗事》。

3月21日　星期二，晴

《老年报》寄来《登山》的稿酬70元。

北大中文系张鸣寄来林庚先生九秩华诞祝寿会合影一张。

改《现代儒林遗事》。

3月22日　星期三，雨

抄改《现代儒林遗事》一章，9000字。

上午，广元杨忠打电话来，接他寄来的关于《聊斋》残本的复印件。

唐山刘文欣打电话来。

接《涿州报》尤新明信片，询问章元善其人。他说，他收藏有章元善写的70余枚明信片，时间为1958年至1971年，主要是与武汉的金先生探讨诗词的。他只知章元善为顾颉刚的朋友，因我写了顾颉刚购书的文章，故来问我。

3月24日　星期五，晴

改《现代儒林遗事》。

接王大鹏信。介绍香港大学的一位朋友黄向明，他也是北大校友，原名黄龙，为黄琪翔先生之子。他原在北大俄语系，后又转入西语系，后移居香港。黄向明正在写长篇小说，涉及反右之事，希望能读到我的《负笈燕园》。

杨忠打电话来。

复涿州尤新信。

3月25日　星期六，晴

上午去旧书市场，买《郑堂读书记》上册（1959年版，印1000册），10元；《高尔基传》，2.5元；《九一八以来国内政治形势的演变》，2元；《晋察冀日报史》，5元。

抄改《现代儒林遗事》。

3月26日　星期日，晴

上午去旧书市场，买《晦庵书话》，4元；《百年名校育德中学》，2元；《保定文史资料选辑》第二辑，1.5元；《文学遗产选集》第1辑，3.5元；《中国大革命史》，2元；《纸醉金迷》上册，2元；《国语文作法十八讲》（1934年上海北方书店出版），4.5元。

中午，去秦辉家吃饭，饭后归。

下午，改写《现代儒林遗事》。

3月27日　星期一，大风

改《现代儒林遗事》，进度较快，上午即完成了昨日开始的一章，下午又完成一章。因为这部分稿子较清楚，又不需大改，故省力，速度快。按计划，尚有14章，4月中旬完成当无问题。

3月29日　星期三，晴

夜里和早晨，心脏有不适之感，脉搏紊乱、快速，服速效救心丸及地奥心血康一丸，始缓解。

上午，董伟康打电话来，问书稿修改情况。

杨立元自唐山打电话告，省文学学会拟于5月底在唐山召开唐山作家群作品讨论会，也要讨论我的作品，并说，我的作品由河北大学中文系教师负责评介。

改《现代儒林遗事》。

杨振打电话来。

3月30日　星期四，晴

改《现代儒林遗事》一章，只剩下十一章了。

北大中文系寄来我与谢冕、张炯、江枫、张元勋等人的合影一张。

4月5日　星期三，晴

给香港大学黄向明寄赠《负笈燕园》和《燕园师友记》，因王大鹏告，黄向明近日将来京参加母亲的祝寿会，故将二书寄至王大鹏处，请他转交。并给王大鹏寄《保定陆军军官学校》一书。王大鹏之父王景儒（雅堂）为步科一期学员。

改《现代儒林遗事》。

4月9日　星期日，阴晴不定

改《现代儒林遗事》一章，只剩下最后一章。

下午，心脏不适，含速效救心丸4粒，即解。

秦燕下午去广州参加春季交易会。

4月10日　星期一，晴

今日将《现代儒林遗事》全部改完，共五十一章，44万多字，比上次稿减少了二十九章，30多万字。这一遍稿占用了我50天时间，平均每天写8000至1万字，很是劳累，且弄得心脏出了些毛病，今后应该注意劳逸结合了。

心脏又有些不适，开始每日服地奥心血康和丹参片。

4月11日　星期二，晴

编写《现代儒林遗事》的页码和目录。

广元杨忠打电话来。

杨振寄来他写的评《负笈燕园》文章打印稿。

给任彦芳打电话，决定本周五一同去京。

4月12日　星期三，晴

上午，去任彦芳处。路过非凡书店，买《曹靖华译著文集》第11卷，10元；《生活读书新知三联书店成立三十周年纪念集》，8元；《甲行日注》《旧巢痕》，2元。

上午，董伟康打电话来问书稿。

下午，河北大学中文系教师杨新强来访，他是兰州大学中文系1987年毕业生，讲当代文学。他要写我的作品评论。赠我的著作 5 种给他。

晚，给王大鹏打电话，他已收到我寄去的书。

4月14日　星期五，晴

上午，与彦芳乘 K212 去京。先去时事出版社，交了我的书稿。董伟康请吃午饭。

饭后，去北河沿大街找燕山出版社，未得见，只好作罢。

去西站等车时，发现装在西服内袋中的 400 元钱被盗去，想是从时事社出来，去北河沿时在 103 路公交车上被盗的，当时车上很挤，似有些感觉，但没想到是小偷在掏兜。

晚乘 K217 次车回保定。

4月15日　星期六，晴

上午，去旧书市场，买《民国时期总书目》下册，10 元；《王希礼文集》，2 元；《旧京人物与风情》，3 元；《京都胜迹》，3 元；《考史拾遗》，3 元；《河汉日记》，2.5 元；《章回小说》创刊号，2 元；《历代簿录对于小学分类之异同及得失》签名本，1 元。

4月16日　星期日，晴

上午去旧书市场，买《宋庆龄年谱》，3 元；《南京大审判》，3 元；《学习鲁迅》，2 元；《薛涛诗笺》，2 元；《清华大学双反运动大字报选辑》，1.5 元。

下午，将《魏建功与台湾国语运动》一文抄完，2600 字，寄《团结报》。

翻阅《民国时期总书目》等书。

4月18日　星期二，阴

书越来越多，书架早已装不下，屋子小，又不能再放书架，只好将一些书装箱，现已装了 6 箱。装箱只是暂时措施，书要用时无处去找，极不方便。不过，也只能如此。不知将来搬迁后能否有个大些的书房？有的人住了很多的房屋，却没有一本藏书，有人有很多书，又需要有个宽敞的书房，但他却没有。世上的事何其不公哉！

上午，董伟康打来电话，让我再考虑书名。书名要市场化，否则便不好征订，缺少卖点。我遂考虑了几个名字：《新儒林外传》、《新儒林内史》、《新儒林大观》、《儒林秘闻》、《儒林新史》等。

4月20日　星期四，晴

整理图书目录，洁帮着制登记表，先登记民国版旧平装。

下午，给董伟康打电话，告知新考虑的几个书名，请他酌定。

4月21日　星期五，晴

上午，接《旧书交流信息报》秦国旗约稿信，告：新闻出版署批准的正式刊号报纸将于5月1日创刊。但接到"旧"报后，见有总编种福元的声明，方知他们内部有矛盾，但却不知详情。

下午，与洁去秦燕家，路过开明书店，买《追忆逝水年华》，4元；《孔府内宅轶事》，3元；《创造社丛书诗歌卷》，4元。又去非凡书店（该店已迁至双盛街南口对面），买《俞平伯序跋集》。

4月22日　星期六，晴

上午，去旧书市场，买《裴多菲抒情诗选》，5元；《民国通俗演义》第二、三册（已配齐），4元；《张溥年谱》，1元；《北平考》，1元；《千年学府——湖南大学》，1元；《玉台新泳笺注》上册，2元；《西滢闲话》，1元；《中书集》，1元（以上二书均为64开本）；《中国古史的传说时代》，2元；《西谛书话》上册，3元；《编辑忆旧》，3元；《黄帝祭文集》，2元；《延安文艺的光辉十三年》（影集），2元；《啼笑姻缘》，3元；共31元。抄旧稿

《稀见的〈现代中国作家笔名录〉》，1400字；《〈松堂集〉和作者南星》，1400字，寄秦国旗，以示联系。读许渊冲《追忆逝水年华》。

4月23日　星期日，晴

早饭后去旧书市场，买《郑振铎文集》（3），2元；《清代宗族法研究》，1元；《河北省地方志综录》，1元；《中国共产主义的先驱——李大钊》（画册），1元。与洁去秦辉家，晚饭后归。

4月25日　星期二，晴

上午，董伟康打电话告，书定名为《儒林新史》，即将发排。稿酬定每千字45元，计划5月底出书。合同纸将寄上。因时间太紧，我就不看三校稿了。

接《旧书交流信息报》停刊号，4月30日停刊，发了《停刊话别》、《总编声明》等。5月1日起，由省新闻出版局办《旧书信息报》。本期发了我的《文人与旧书》之八《胡适的藏书》。

下午，给张元勋写信。编写《藏书目录》。

任彦芳今日由北京来保定，后天去开封。

4月26日　星期三，晴

上午，写书目。

下午，去任彦芳处。先去非凡书店，买《柳亚子选集》上下册，12元。此书共1237页，41.375印张，只印了2280册，是为纪念柳亚子一百周年诞辰出版的，书全新。

4月27日　星期四，晴

上午，给董伟康打电话二次，商谈《儒林新史》封面设计，他与我有共识，拟用人物头像。这样，就能给人以纪实作品而非虚构小说的印象。只是一些学人的像不好找，他已吩咐美术编辑去找。

省作协刘向东打电话来，河北师大要出版散文大系，让我自选四五篇散文作品寄他。作协已迁至槐北中路的文学大厦。

找出近年发表的一些散文作品，选出了《想听天籁》《草泊小记》《西部吹来强悍的风》《张中行先生小识》《写在唐山抗震纪念碑前》《圆梦燕南园》《告别"自然保护区"》等7篇，复印，下午，挂号寄给刘向东。

4月28日　星期五，晴

上午，去车站送任彦芳去开封。

给张玲写信。

接《旧书交流信息报》停刊号20份。

下午4时，与洁去秦燕家，她今日从广州归来，她给我买来真丝T恤衫一件。

在开明书店买《柯灵书信集》，5元；《世界100著名大学排行榜》，5元；《关于江宁织造曹家档案史料》，5元（原已买过一本，但品相不佳）。在非凡书店买《胡适研究》第1辑，5元；《文坛故旧录》（赵家璧），5元。

4月29日　星期六，阴转晴

早饭后去旧书市场，买吴恩裕《曹雪芹佚著浅探》，5元；《蒋梦麟教育思想研究》，4元；《中国国际图书贸易公司40周年纪念文集回忆录》，5元。

在摊主老王那里买到一本旧日记，封面上写有"零星散记常友学志1948.11.13于迁西县黄室峪"字样，是从1948年11月至1950年10月间的日记及杂记。看来，日记主人可能是第四野战军41军某师的一位团级干部（科长）。日记从四野大军进关后写起，写他在京郊和南下的经历及所思所想，厚厚的一本，145页，当有五六万字。很有史料价值，以2元购下。

归家后，即翻阅这本日记。

给杜文堂写信。

4月30日　星期日，晴

上午去旧书市场，在小戴处见有《编辑忆旧》毛边本2册，均买下，6元。原已购得一本，今又买二本，盖因毛边本罕见之故，藏复本以赠友人。买《晋察冀抗日民主政权简史》。

翻阅《零星散记》，得知许多解放初期的军情、社情，很觉有兴味。

5月2日　星期二，晴

上午，与洁去秦燕家。我先去非凡书店，购书6册，57元。有《宋诗钞》上下册（上海古籍出版社"四库文学总集选刊"，只印了800部，当为珍稀版本），原定价81元，用40元购得。《伪满洲国史新编》，9元；《西谛书话》上下册毛边本，8元；《李广田散文》第三集（精装，主要是日记），8元。

午餐后归。

下午，刘文欣打电话来，他在北京，谈去了北大和清华。

5月3日　星期三，晴

上午，江枫自京打电话来，谈颇久。

下午，刘文欣打电话来，他已回到唐山。他说，《负笈燕园》提及的清华工程物理系学生江兴玲之事，他一直耿耿于怀，他到清华查阅了工程物理系学生名单，未查到。刘文欣读书之执著情况由此可见一斑。

5月5日　星期五，晴

读《五四运动史》、《忆父亲张恨水先生》。

秦国旗寄来《旧书信息报》第1、第2期，第2期发了我的《松堂集与作者南星》。

王志勇打电话来。给计伟写信。

5月6日　星期六，晴

上午，去旧书市场，在书摊竟意外遇到一本《曹靖华》画册，此为河南美术出版社1997年出版，为纪念曹靖华先生百年诞辰、逝世十周年而出，16开本，仅印了1000册。扉页钤有"曹靖华赠书"和"曹靖华印"二印。图文并茂，照片图片极多。原价75元，我以5元购得。品相全新。

在另一书摊上购得香港出版的《艺坛风云》一书，沈雁女士著，扉页有"梅葆玖大师、夫人鉴　沈雁敬上　1994.11.29"字样。沈雁为旅新加坡画家。以1元购得。又从小戴处购《编辑忆旧》毛边本1本，3元，此为第4本了。又购《江左十年目睹记》，1元；《中国古典诗歌写作学》，2元；《新选唐诗三百首》，3元。

抄改《何其芳谈旧书的几封信》，1400字；《张中行的杂收与杂览》。寄《旧书信息报》。

5月8日　星期一，阴

接张玲信，她将于6月底去英国访问，将在英国住半年之久。

下午，给董伟康打电话。书稿正在一校，因原稿上有些字看不清，他要我拿稿来看，改一下。他们拟在本月18日将书出版，赶20日的重庆图书订货会。拟明日去京。

5月9日　星期二，雨

上午冒雨去京，从时事出版社取回《儒林新史》一校稿样，共634页，编辑已改过。因他们要在本月18日印出，20日去重庆参加图书订货会，因之星期四下午就要将稿子送回。

董伟康给我看《儒林新史》的封面设计样，他说，还要再改改。

下午 4 时许回到家，立即校稿。夜 11 时睡。

5 月 10 日　星期三，晴

晨 4 时许即醒来，起身校稿。校稿一整天，夜 11 时方睡。

5 月 11 日　星期四，晴

上午 9 时将书稿校完，错误不少。午 12 时 24 分，乘 K214 次车去京，下午 3 时到达时事出版社，将校稿交董伟康，并与他签订了出版合同。基本稿酬，千字 45 元，另有印数稿酬。董说，现在图书市场疲软，销售不好，拟先印 3000 册看看。

乘 K217 次回保定，晚 8 时许到家。

5 月 13 日　星期六，晴

上午去旧书市场，买《北京大学一览》（1964 年印），4 元；《鲁迅研究资料》第 11、12，9 元；《鲁迅的印象》，1 元；《燕都古籍考》3 元，《皮子文薮》、《论红楼梦》（何其芳）、《罗曼·罗兰文钞》、《辛亥革命先著记》等 4 本，9 元。

去车站送任彦芳，将《北大遗事》书稿交他。这原是由文化艺术出版社出版的，现该社停业整顿，便将书稿退回（此书由谢冕主编），现在任彦芳手中，我翻阅了一遍，又交给他。他正在找出版社出版。

5 月 14 日　星期日，阴雨

上午去旧书市场，买《清华园风物志》，2 元；《南开人物志》，4 元；《京西名墓》，2 元；《赵家璧先生纪念集》，3 元。

刘兰松寄来《郭小川研究》第 1 辑。

《旧书信息报》特约编辑王性昌打电话，问《张中行的杂收与杂览》一文中的两个字。他原在石家庄图书馆古籍部工作，已退休。

下午 6 时许，正在读《周作人日记》，忽听窗外有四声杜鹃的啼叫声，此鸟似总是在天空中飞翔着啼鸣，发出的声音类如"光棍背锄"。这是今年听到的第一声，听到它，倍感亲切，似乎初夏已临。

5月16日　星期二，晴

上午，刘文欣打电话来，谈颇久，问我何时回唐山。

下午，董伟康打电话说，听书商说已出过《儒林新史》这个书名的书，他经销过，销路不好，因此又改书名为《学人往事》。此书暂印3000册，定价30元，能够如期印出，今日出片子。

晚，给董伟康打电话。

读《赵家璧先生纪念集》，很觉有兴味。

5月17日　星期三，晴

5月15日出版的《文论报》到，发了我的《你啊是新诗摇篮旁的心——敬祝林庚师九秩大寿》一文。

晚上，杨忠自广元打电话来，谈书事颇久。

在书房看书时，又听窗外不远处有四声杜鹃啼叫，不停地鸣叫"光棍背锄"，看来是在院中的树上。本以为它只是飞翔着啼叫，原来它停息时亦鸣叫。发现了这个现象，很觉有趣。

5月19日　星期五，晴

上午读《五四运动史》。

下午，骑车去非凡书店和开明书店，买旧书6册：《燕大文史资料》第1、6辑，6元；《我爱燕园》（宗璞），1元；《中国的类书、政书和丛书》，2元；《留法勤工俭学运动史稿》（印1000册），5元；《洋务运动史论文选》，5元。

5月20日　星期六，晴

上午去旧书市场，买《北京大学学生运动史初稿》（1919—1949），3元。此为北大历史系1956级学生在1960年编写，为征求意见稿。买《一二九运动资料》第 1 辑，《学府丛刊》第 1 辑，共 5 元。买《中国国民党大事记》，4 元；《话雨录》，1.5 元；《冠心病之友》，1 元。买《热风》，1.5 元。至此，鲁迅著作 1973 年版本 24 种已全部购得，此版本为收藏者的新宠。

复印《你啊是新诗摇篮旁的心》8 份，拟寄林庚、张元勋、张玲、任彦芳等人。

下午，给林庚先生、张玲写信，寄复印件。

读《五四运动史》《话雨录》。

5 月 21 日　星期日，晴

早饭后去旧书市场，买《民国档案》1996 年第 1、2、3 期，4 元；《中国历代状元殿试卷》，3 元；《德龄话光绪》，1 元；英汉对照《格列佛游记》，1 元。

下午，装旧书二纸箱。

《旧书信息报》第 4 期发了我的《稀见的〈现代中国作家笔名录〉》。

读《五四运动史》《话雨录》。

上午，给董伟康打电话，问书事。他说，错处很多，校对了三次，因而尚未印出。先做了几本"假书"（未正式出版的样书）拿到重庆图书订货会上去。

下午，赵义和（一合）打电话来，他今日来保定，住在省招待所。去看他，赠他《负笈燕园》。去之前，在非凡书店购《北京大学与中国政治文化》一书，5 元。

5 月 23 日　星期二，晴

接香港大学教授黄向明信和他的中篇小说《永恒的梦》，他已收到《燕园师友记》和《负笈燕园》。

读《五四运动史》《西谛书话》。

5月24日　星期三，晴

上午，写《喜获毛边本旧书》一文，1500 字。

翻阅《国立北平图书馆馆务报告》（民国十八年七月至十九年六月），见有梁任公死后，其藏书存北平图书馆之记载，存期50 年。此为过去不知之事。

董伟康打电话说，《学人往事》一书的封面，去掉了鲁迅、李大钊的形象，因书商们说，他们的书不好卖云云。如今出版社让书商牵着鼻子走，真是岂有此理！又说，重庆图书订货会上，很是萧条，只有很少几个人，多是去游玩的。图书市场实在不景气。

5月25日　星期四，晴

天极热，杂览旧书，翻阅《吴宓日记》。

下午去小戴家，新进的书很多，挑选 13 本，共 34 元。计有《清史论文集》3 元，《胡愈之印象》3 元，《周佛海日记》3 元，《清代商业史》3 元，《张之洞大传》3 元，《日本侵略东北教育史》5 元，《南侨回忆录》3 元，《肖三传》3 元，《金陵丛谈》2 元，《章太炎评传》2 元，《红楼梦研究参考资料选辑》2 元，《瞿秋白传》1 元，《真话集》1 元。其中，《章太炎评传》为作者何成轩签名本，陈嘉庚《南侨回忆录》为民国三十五年版本。

5月28日　星期日，晴

上午去旧书市场，买宋庆龄《为新中国奋斗》（1952 年第一版第二次印刷），3 元；《刘鹗小传》，2 元；《金陵五记》，1.5 元；《我所认识的鲁迅》1961 年第 7 次印刷，1 元；《鲁迅的爱和憎》，2 元；《许地山选集》下册，3 元。

任彦芳今日来保定，拟住下来写作。

秦燕三口来。明杰夫妇来。

刘文欣自京唐港打电话来。

读黄裳的《金陵五记》，颇有兴趣。

5月30日　星期二，晴

上午，给董伟康打电话，书正在"核红"，尚未印出，因而原想本周四随育秋的车去京拉书之事只好作罢。

接张玲信，寄来她拍摄的照片一张，为2月间在北大勺园住时，与张元勋夫妇、任彦芳、沈泽宜的合影，接计伟信。

下午40时半，在小戴的书摊上买《花木兰考》和《曹廷杰与永宁奇碑》二书，2元。

6月1日　星期四，晴

接山东东营市胜利油田卫生学校教师王宝欣信，是一位慕名者，要我的书，并请教问题。看来，他也是《旧书交流信息报》的读者，他竟希望我能撑头接办《旧书交流信息报》。

下午，与洁去秦燕家，秦燕在全聚德请吃烤鸭。

在非凡书店购《冯友兰先生百年诞辰纪念文集》，此书为第二次印刷，共印1530册，原第一次只印530册，8元；《俞平伯序跋集》，2元（原已购得一本）。

6月3日　星期六，阴

早饭后去旧书市场，买《抗战诗史》《中国新民主主义革命史参考资料》《探索集》《在同张学良相处的日子里》《蕙风词话·人间词话》《杨钟健回忆录》等6本，18元。均在小戴处买。

因搬家无期，又续订下半年报刊《中华读书报》《文汇读书周报》《文艺报》《文论报》《旧书信息报》等，报费107.58元。

读《杨钟健回忆录》。

6月4日　星期日，阴

上午在旧书市场买《南开大学校史》，4元；《五四爱国运动》下册，2.5元；《楚辞选注》，1.5元；《帝王春秋》，1.5元。

下午，复胜利油田卫校王宝欣信。

与洁去秦燕家吃晚饭，在非凡书店买无封面的《鲁迅全集》第14、15集（日记），10元；《中国的内战》6元。晚饭后归。

6月8日　星期四，晴

上午，接《旧书信息报》第6期样报两张，并约稿函、编辑部主任秦国旗名片。

广元的杨忠上下午两次打电话来。他买到了清华大学校长民国十八年给薛愚的聘书，问罗家伦与薛愚的情况，聘书是否伪造等事。

下午4时，去小戴家买书9本，20元。计有《实用英语语法》（我原有一本，在唐山）、《常见病验方研究参考资料》、《蔡元培教育文选》、《我的父亲林白水》、《为了民主与科学——许德珩回忆录》、《八大山人生平及作品系年》、《群众周刊史》（作者签名本，印1550册）、《龙门联合书局简史》（印1200册）、《法国现代诗与古典诗》（印500册）等。

6月9日　星期五，晴

中午，苑纪久打电话来，他从石家庄来，去高阳老家。他给我带来新出版的《长城》第3期，要我去取，他在街上等。遂去取来。

下午，读《长城》上的一组评徐光耀《昨夜西风凋碧树》的文章，皆赞扬此文。

6月10日　星期六，晴

上午去旧书市场，买《中国近现代图书馆大事记》、《第二次世界大战简史》、《榜书艺术》（作者签名本）共6元。买《马易尔——一位丹麦实业家在中国》，作者为丹麦驻中国大使白慕申，扉页有白慕申的签名及中文印章，4元；《清华校友通讯》

复8期，1.5元；《严修东游日记》、《中国旧志名家论选》、《三联生活周刊》等，6元。

11时，与洁去育秋家，王鹏开车来接。

6月14日　星期三，晴

接杜文堂信，他将去维也纳和柏林。

杨忠寄来清华聘书复印件，让我鉴定真伪并提供关于罗家伦与薛愚的材料。

6月17日　星期六，阴

晨起去旧书市场，买《辛亥革命时期期刊介绍》，4元；《古书版本常谈》，2元；《老舍在北京的足迹》，1元。

下午，复黄向明、计伟、刘卓杰信。

读《许德珩回忆录》。

6月18日　星期日，晴

上午，与洁去秦燕家，在非凡书店买《编辑家茅盾评传》、《超越雅俗——抗战时期的通俗小说》，共11元。

下午4时，洁去理发，我去河大出版社书店，买《黄裳书话》12.8元（8折书），后又去华文书社，这里也有旧书部，书较丰，且有几种三联书店的毛边书，

购毛边本《晦庵书话》，4元；毛边本黄裳《翠墨集》，3元；毛边书《西谛书话》上下册，8元（已买过一套）；还有《吴宓日记》第3册，7元；《二罗一柳忆朱湘》，2元；《国故新知论——学衡派文化论著辑要》，7元；《追忆蔡元培》7元。

晚饭后，乘307路车归。

6月19日　星期一，晴

天热，翻阅旧书。

接《旧书信息报》稿酬40元。寄杨忠《负笈燕园》一册，

寄信和材料。寄香港黄向明信，邮资 2.5 元，买邮票 8 元。

给董伟康打电话，问书出版情况，他说，正在印刷，下周可印出。

读《黄裳书话》。

6 月 21 日　星期三，晴

彦芳打电话借万年历。

广元杨忠打电话谈，重庆有人出售原清华学堂、河南大学、暨南大学等校聘书原件，索价 200 元，他欲再购薛愚的几个聘书，以事收藏。

6 月 22 日　星期四，晴

晨起，与洁到街上散步，我推着自行车。在南唐家胡同吃牛肉面后，骑车去彦芳处。后容城老家有人来，遂辞出。去华文书社，买《西谛书话》毛边本上下册，6 元；《存在集》，4 元；《零落成泥香如故》，2 元。在非凡书店买《茅盾序跋集》，5 元，为北大同窗丁尔纲编。

下午，去农大邮局取挂号信，是徐州赵呈美所寄刘山民赠我之画及信。

顺路去小戴家，买《中华人民共和国通鉴》，10 元；《中国地方志民俗资料汇编·西北卷》，3 元；《生活、读书、新知书店革命出版工作五十年纪念集》，3 元；《桥》创刊号，1 元；《鲁迅研究》改版总第 1 期，1 元。

焦也来访。

6 月 23 日　星期五，晴

上午，与洁欣赏、研究刘山民所画之中国画，此画为大写意，变形且怪异，有象征意味。画题曰："元曲多此意境"，我揣摩出此为马致远的《天净沙·秋思》之意境，画面似是："枯藤老树昏鸦，小桥流水人家，古道西风瘦马，夕阳西下，断肠人在天涯。"

下午，读《吴宓日记》、《黄裳书话》。

6月24日　星期六，小雨

晨起去旧书市场，买《陈确集》上下册，8元；《校勘学史略》，1元；《保定党史通讯专题资料汇编》，1元；《周恩来欧游通讯》，2元；《围剿鲁迅资料汇编》，2元；《中外童话画刊》1990年合订本，3元。赵玲颐赠《金瓶梅考证》一册。

下午，读完《吴宓日记》第1册，又读第2册。

6月25日　星期日，小雨转晴

夜有小雨，晨起仍下。早饭后雨停，去旧书市场，只出来两三家，少顷，文化稽查来，又将他们赶走。买菜归，在桥头有小戴等三家旧书摊，在小戴处买《英汉小辞典》，3元；《金代黑龙江述略》，2元；《中医草药奇效真传》，2元。

下午，复刘山民、赵呈美信。

读《吴宓日记》。

6月26日　星期一，晴

上午颇困倦，9时小憩一刻，10时醒，11时20分看中央电视台"读书时间"节目。

下午，董伟康打电话来，告《学人往事》已印出，明日印刷厂送书到出版社来，问我何时去取书。

读《吴宓日记》和《许德珩回忆录》。

6月27日　星期二，晴

读《吴宓日记》等书。

晚，心脏不适，脉搏紊乱，有间歇，服速效救心丸及地奥心血康。昨日亦有不适，未服药即过。从明日起，拟服丹参片和地奥心血康。心脏出了些毛病，肯定是与前些时追赶写作有关，今后不能搞得太紧张了。

7月1日　星期六，晴

今日高温。

晨起去旧书市场，买《刘鹗及老残游记研究》，2元；《斯大林秘书回忆录》，2元；《闻一多颂》，1元；《文献》第4辑，2元；《八十年来》，2元；《我历尽沧桑》（聂鲁达），2元。

上午，与洁去秦燕家。去前，明杰送来猪肉、扒鸡、荔枝等物。

下午4时，冒高温去华文书社，买旧书5本：《叶圣陶研究资料》、《流亡在赤道线上》、《中国古代藏书史话》、《匡互生与立达学园》、《晦庵书话》毛边本等，共15元。又去非凡书店，无所获。

晚饭后归。

中央电视台"新闻联播"报：保定市今天高达41度，为全国最高温度。

7月6日　星期四，阴转晴

接连下了两天的雨，今日始放晴，天气也较凉爽，连日高温天气已得到缓解。

中午，秦辉来，她下午要去许昌出差。

下午去农大邮局，领《文论报》稿酬60元（《"预谋"读书》）。去小戴家，他出去找书了。

读《吴宓日记》、《斯大林秘书回忆录》。

下午，董伟康打电话来。

7月7日　星期五，晴

晨起，与洁散步一小时半，后去小戴家，买"人世文丛"

中学者卷《赤竹心曲》、《篷窗追忆》、《草堂怀旧》，全新，每册3元，只缺第2卷《逝水年华》。买《中国共产党抗日战争大事记》，1元。

上午，读完《斯大林秘书回忆录》。

中午，彦芳自京打电话来。杨忠自广元打电话来，《负笈燕园》他尚未收到。

下午6时，与洁上街，去小戴家，他刚从徐水进书回来，买书三本：《中华人民共和国职官志》，10元；《中国货币金融史大事记》，8元；《北京各类型图书馆志》，4元。8时归。

7月8日　星期六，晴

晨起，与洁出去散步，后去旧书市场，买《鲁迅研究资料》第17辑，3元。

书越积越多，无处放，又装纸箱2个。

瑞英自京打电话来。

读《吴宓日记》、《草堂怀旧》。

7月9日　星期日，晴

晨起，与洁去旧书市场，6时半在外面吃早点后，洁去大西门看书画，我又去旧书市场，买《费正清自传》，4元；《翻译家辞典》，2元；《景德镇陶瓷古今谈》，4元；《冀东报刊史料》专辑之三，1元；《心血管疾病咨询》，1元。

7月11日　星期二，晴

石四维寄来他的新著《百岁英雄张学良》，时事出版社出版。

育秋打电话说，拟在下周四去京，我的书只好那时再取了。

下午，彦芳打电话来，他刚刚来到保定。

读完《吴宓日记》第3册。

7月12日 星期三，晴

又是一个40度的高温天气，原想去彦芳处，由于天热而作罢。

读《吴宓日记》《费正清自传》。

河南扶沟县柴岗二中教师冯海涛寄来他主编的《冯氏文化通讯》3–6期，不知他怎得知我的地址。

近二日，心脏时有间歇，服药。

7月13日 星期四，晴

晨起，与洁出外散步，后去灵雨寺街小戴家，买旧书8本，31元，计有《词系》，10元（原价86元，全新）；《风雨中的宁静》（蒋经国，台湾出版）、《逝水年华》，3元；《中国古代女子教育》，3元；《邓拓评传》，2元；《江海日记》，2元；《王实味冤案平反纪实》，2元；《毛泽东的家世》，2元。

早饭后，洁去秦燕家。下午4时，我亦去秦燕家，先去华文书社，买旧书4本，13元，计有《许瀚年谱》《北京师范大学校史》《睢水十年》（沙汀）《书林秋草》（孙犁）。

明杰夫妇亦来，晚饭吃饺子。9时，秦燕开车送归。

7月14日 星期五，晴

晨起，与洁外出散步，后去小戴家，买《不一样的记忆——与钱钟书在一起》，3元。

读《费正清自传》《书林秋草》。

下午4时半，又去小戴家，他不在，在街口等，近6时才归，他只进了些建筑方面的书，无所获。

杨忠打电话来，《负笈燕园》已收到，他已看完，别人借去看。

7月15日 星期六，下午雨

晨起去旧书市场，只买到一本武衡回忆录《无悔》，2元。

读《风雨中的宁静》、《费正清自传》。

接计伟信，邀去青岛一游。

下午，据 1997 年日记登写 1997 年购书账，全年共购书 107 本，花 570 元，内有旧书刊 68 本。

7 月 18 日　星期二，雨转晴

晨起有小雨，早饭后即晴。骑车去任彦芳处，他赠我新印出的《任彦芳文集》第一卷影视作品卷，香港天马版。此为他自费出版之书，拟出 10 卷。此集印了 100 册，花 1.5 万元。

9 时半归，去非凡书店、华文书社，无所获，又去小戴家，门紧锁，遂归。

下午 5 时半，与洁上街，再去小戴家，他刚从徐水进书归。又买《词系》1 册，拟赠计伟。买《中国律师实务全书》第二版。买《北京图书馆馆史资料汇编》上下册，10 元；买谭丕谟《中国文学思想史合璧》，5 元；《鸟鼠山人胡缵宗诗选》，2 元。

7 月 19 日　星期三，晴

育秋打电话说，明日有车去京，我可跟去取书。给董伟康打电话，他们都在休假，只好择日再去。

7 月 20 日　星期四，晴

读《吴宓日记》、《北京图书馆馆史资料汇编》。

下午，《旧书信息报》编辑部主任秦国旗打来电话，本周末他与总编郝荣斋拟来保定看旧书市场。

下午 5 时半，与洁去小戴家，买书 8 本，18 元。计有《纪念周恩来总理文物选刊》合订本（1—33 期，1977 年版），4 元；《冯友兰研究》第 1 辑，5 元；《宋美龄写真》，1 元；《一代名园的兴衰》，1 元；《楚国简史》，1 元；《中外装饰人物图集》，1 元；《周叔弢传》，2 元；《王国权回忆录》，3 元。

7月21日　星期五，晴

下午，秦国旗打电话来，明日早7点他们开车到保定，商定我在保定宾馆门前等他们。

7月22日　星期六，晴

晨起，去小戴处，买《北京农业大学校史》、《鲁迅旧诗浅说》、《中国文化概论》、《袖珍世界地图册》等4本，7元。

去保定宾馆门前等《旧书信息报》人员，近8时车才到，有郝荣斋、秦国旗等。带他们逛旧书市场，他们向书商们赠发《旧书信息报》。后又去河大出版社书店和华文书社等处。10时半，他们去徐水，然后去北京。我乘306路车归。

在旧书市场又买《北京图书馆馆史资料汇编》，10元，拟赠计伟。

下午，读完《吴宓日记》第4册，读《北京图书馆馆史资料汇编》。

7月24日　星期一，晴

上午，给董伟康打电话，定星期四去京取书。董伟康说，可一并将稿酬结算。

读《吴宓日记》、《周叔弢传》。

7月25日　星期二，晴

《团结报》寄来《魏建功和台湾国语运动》一文的稿酬100元，但未寄样报。写信索要样报。

再次给燕山出版社赵珩写信，索要《燕园师友记》稿酬。

戴天恩自通化打电话来，他在通化，8月初来京。

下午5时，在小戴处买《毛泽东和他的秘书田家英》。

7月26日　星期三，晴

上午，给董伟康打电话，谈明日去京取书事。

下午，在非凡书店和开明书店买旧书4本，有《燕大文史资料》第1、5辑，《顺生论》，《巴金文集》第23卷书信（中），无封面，共花11元。

7月27日　星期四，晴

上午6时，王鹏开车来接，育秋等带小咪咪去京看病。先去医院，留下她们，王鲲开车拉我去时事出版社，取样书20本，买100本。董伟康领我去财务科结算稿费。此书按48万字算，每千字45元，共应得稿酬23765.40元，扣除个人所得税2213元，书费2100元，实得19451.68元，付现款。

晚7时到家。

7月29日　星期六，阴

晨起，去旧书市场，买民国版旧平装书2本，即《丁易杂文》，民国三十七年版，封底残，1元；《过客之花》，巴金译，民国三十六年再版，1元。《我与开明》，2元；《生之歌》（赵基天），1元；《开一代诗风》，1元；《回忆鲁迅先生》（李霁野），1元。

翻阅《学人往事》，错字不算多。

7月30日　星期日，晴

晨起，去旧书市场，买《病中集》，1元；《北京城杂忆》，1元；《法国现代诗与古典诗》3元，此书已有复本，拟赠戴天恩一本。

11时，王鹏接我们去育秋家，带去《学人往事》4册，赠连堂、育秋、育芙、育林各一册。

《旧书信息报》第14期到，发了我的《喜获毛边本旧书》。

8月1日　星期二，晴

上午，董伟康打电话问《学人往事》有多少印错之处。

给石四维写信，寄《学人往事》。给计伟写信。

接《旧书信息报》稿酬 30 元。

看《学人往事》。

焦也来谈，送来他所著《叶群之谜》一书，赠他《学人往事》。

8 月 5 日 星期六，晚雨

晨起去旧书市场，无所获。

早饭后，与洁去秦燕家，赠秦燕及刘彦民《学人往事》各一册。

下午，去华文书社、河大出版社书店和友联书店，无所获。又去非凡书店，买《清华大学演义》、《端纳与民国政坛秘闻》、《从自在到自觉——中国国民性探讨》（只印 440 册），共 15 元。

晚饭后归。晚有小雨。

8 月 6 日 星期日，阴雨

晨起去旧书市场，买《清代后期教育论著选》上下册，13 元；《中国少数民族文学报刊史纲》，2 元；《陈独秀身世 · 婚恋 · 后代》，2 元。

看完《学人往事》，挑出错字 40 多处。

8 月 7 日 星期一，晴

上午，读《从自在到自觉——中国国民性探讨》。

中午，秦辉来，赠她《学人往事》。

下午，去任彦芳处，谈一小时许。5 时去百草园书店，买《北平的和平接管》、《北平第二条战线的文化斗争》，共 25 元。

8 月 8 日 星期二，雨

晨起有小雨，与洁上街散步，吃早点后归。

李秀庭偕甥女张轶芳来访。张轶芳是河北师大中文系三年级学生，毕业后志愿投考北大硕士研究生，来向我询问北大之事。此女好学，有自己见解，与之谈颇畅，赠她《燕园师友记》、《负笈燕园》二书，11时半辞去。

晚，江枫打电话来，邀我在9月4日参加他主编的《雪莱全集》首发式，《雪莱全集》由河北教育出版社出版，在北京对外友协召开首发式。

8月9日　星期三，晴

上午，开始写《江枫与雪莱全集》一文，得3000字。

读《吴宓日记》。

傍晚，与洁上街，去小戴家，买旧书8本，共20元。计有：《抗议美军驻华暴行运动资料汇编》、《中国抗日战争与第二次世界大战系年要录·统计荟萃》、《九一八事变史》、《偷袭珍珠港前的365天》、《徐志摩诗全编》、《楚辞通释》、《萍踪忆语》、《李白与杜甫》（郭沫若）等。

8月14日　星期一，晴

上午，写《解放区抢救古籍珍本一例》，1500字。

《文汇读书周报》载：金克木先生于8月5日病逝，享年88岁。

8月15日　星期二，晴

上午，给董伟康打电话，谈去京事。

下午5时半去小戴家，他去进书未归。

8月17日　星期四，晴

上午，去马家老鸡铺买扒鸡4只，41元，每斤11.5元，买酱花生果3袋，准备带北京去送给卓杰表哥。

归来时，去小戴家，他刚从徐水进书回来，挑选了8本书：《何其芳文集》第6卷、《八十三天皇帝梦》、《百年心声：中国民主革命诗话》、《中国国民党一大六十周年纪念论文集》、《第一次国共合作时期的黄埔军校》、《唐绍仪与清末民国政府》、《世界日报兴衰史》、《中国现代教育史》、《怀念父亲梅兰芳》，共 18 元。

给王志勇写信，托他找《团结报》2231 期。

8 月 18 日　星期五，晴

上午乘 K212 次车去北京，10 时多到宣外西大街卓杰表哥家，他身体尚好，只是腿脚走路不便了。

下午去琉璃厂，转了来薰阁、古籍书店、邃雅斋三家书店。买《近代中国大学研究》，25 元；《马相伯与复旦大学》，13.4 元；《红雨楼序跋》，3.3 元。

与董伟康、任彦芳打电话联系。

8 月 19 日　星期六，小雨转晴

上午去报国寺旧物市场，小雨濛濛，时下时歇，因而书摊不算多，且皆盖着塑料布，下雨盖上，雨歇时又揭开，因而看书不大方便。未见有好书，只在一家店铺买了《燕大校友通讯》（1971 年香港校友会编），《北京大学研究生手册》，在一书摊购《汪精卫伪国民政府纪事》，三本共 10 元。那家旧书铺主为一老者，他说家中尚有不少关于北大的书，但今日不能取来。我给他留下了表哥家的电话号码，他取来书可打电话告诉我。

下午，去琉璃厂，买《杨守敬题跋书信遗稿》，12.5 元；《从湖北看中国教育近代化》，23.6 元；《中国人民政治协商会议大事记》，3.7 元。

晚，任彦芳打电话来，王大鹏邀我和彦芳明日去他家。

给魏至打电话，约定明日下午 4 时去他家。

赠启武《学人往事》，闲谈收藏之事，他一直在收藏邮品等物。

8 月 20 星期日，晴

上午 10 时，去史家胡同西罗圈 1 号王大鹏家。这是一个典

型的北京老四合院，是他家的旧居，惜"文革"时已搬进了十户人家，成了个大杂院了，只后院尚归他家。屋内雕梁画栋，家什亦皆是古式家具，颇有古风之气。屋中的设施如厕所、暖气、沙发等又皆是现代化的，住起来颇为舒适，屋外有扶疏的花木。王大鹏之父毕业于保定军官学校第一期步兵科，曾任国民军第 56 军军长，1938 年逝世。

王大鹏昨日才参加 1955 级同学毕业 40 周年聚会回来，彦芳也是参加这三天的聚会回来。见面后，王大鹏谈 1955 级同学聚会的盛况，并给我看这次聚会的同学录。

近中午，任彦芳、阎世利先后来。

赠王大鹏《学人往事》。

大鹏夫妇请我们在外边饭馆午餐，饭毕已 3 时半，遂辞出。

去北兵马司 21 号访魏至。这也是一个大杂院，魏建功先生逝世后，家中交出了北大燕南园的房子，北大便给了这里的房子，魏先生的一些藏书和旧物均搬到这里，由他的哲嗣魏至搬来看守。

5 时，到魏至家。家中只他一人居住，家中人住在西城。魏至是北京市公安局离休干部。

与魏至大师兄谈魏建功师之事，他知之甚多，相谈颇畅。他说，前些时，他已把魏先生所藏的钱玄同写给魏建功等人的书信 100 封全数捐给鲁迅博物馆了。他又拿出他编的魏建功印谱稿本给我看，其中有印谱四五百方，他正请张中行先生写序。

晚上，魏至请吃烤鸭，9 时多打车回表哥处。

8 月 21 日　星期一，晴

上午 10 时去时事出版社访董伟康，将《学人往事》勘误表交他。彦芳打电话来，原定今日来这里，他却因中国评剧院召开分房会议而不能来了。

中午，由我做东，宴请董伟康，并有财务科二位女士等。

饭后，去东城的燕山出版社，见到赵珩，解决了稿酬问题，因财务科长未在，定明日上午再去办理。

在商务印务馆读者服务部买《林纾诗文选》，8.6 元；《杨贤江纪念集》，1.95 元；均为旧版书。

6 时归，路过新华社服务部，购《中国出版简史》，12.5 元。

晚，洁打电话来。

8 月 22 日　星期二，晴转小雨

上午去燕山出版社，结算了《燕园师友记》稿酬，扣除了个人所得税和购书费，还应付我 3080 元。因无现款，再汇寄。

去西站等车时才忽然想起，燕山是按千字 25 元结算的，而我们的出版合同定的是千字 30 元。我当时并未出示合同，稍一疏忽，就少拿了 900 元。

乘 K215 次回保定。回家见石四维、计伟信。

8 月 24 日　星期四，晴

上午，董伟康打电话来。

下午 5 时半，去小戴家，买旧书 15 本，共 31 元，有《文史资料选辑》第 15、23、29、31、34 辑、《中国近代煤矿史》、《邹韬奋文集》第 3 集、《袁中郎文钞》、《北京历史上的名人》、《在劫难逃》、《文化史料》第 1 辑、《蟋蟀谱》、《中老年祛病养生长寿良方精选》、《女性人体素描》、《素描初步》等。后两种给秦昊买。

上午，苑纪久来保定，打电话约见，他带来《长城》第 4 期，我赠他《学人往事》，并托他带给省作协刘小放、刘向东《学人往事》各一本。他 12 时回石市。

8 月 25 日　星期五，晴

上午，将一些旧书又装进二个纸箱贮存，现已装了 12 箱。

下午，翻阅《近代中国大学研究》一书，又发现一些有关纪钜维的材料。

8月26日 星期六，晴

晨起去旧书市场，很是萧条，因近日文化稽查老是来查抄（不知为了什么），故摊主多不敢出，只买得《武林旧事》一册，1元。

开始写魏建功师之事，拟题为《国学大师生前身后事》，只开了个头，写了千余字。

读《近代中国大学研究》、《燕大校友通讯》。

8月29日 星期二，晴

读《近代中国大学研究》。下午去农大邮局，取戴天恩寄来的两本书：《解冻时节》、《新生备忘录》，将《学人往事》和《法国古典诗和现代诗》挂号寄成都戴天恩，邮费5.3元。

去小戴家，买《毛泽东选集》初版本1—4卷一套，10元。买《张志民叙事诗选》、《清宫二年记》、《仲可随笔》、《中央革命根据地史要》、《青年时代的蒋经国》，共7元。

给燕山出版社会计打电话，催汇稿费。

8月30日 星期三，阴雨

接魏至信，他已看完《学人往事》，提了些具体意见，因为有些事是他亲身经过的，对学界文坛事知之颇多。并寄钱玄同信件复印件。

接刘兰松、董国和信。

8月31日 星期四，晴

下午在小戴处买旧书5册，共10元。有《歌德诗集》上册，《文史资料选编》12辑，《中华文史论丛》1983年第3辑，《一个中国记者看二战》，《地火》（刘绍棠）。

晚，给江枫打电话，他说，《雪莱全集》未能如期印出，首发式只好推迟。

9月2日　星期六，晴

晨起去旧书市场，买《北京图书馆馆史资料汇编》上下册，6元（这是第三套了）；《五四纪念文辑》（1950年东北新华书店初版），2元；《鲁迅署名宣言与函电辑考》，1元；《一二九运动在河南》，3元；《钦文自传》，1元。

拟在本月15日去青岛，翻阅过去计伟的来信，等计伟来电联系。

9月4日　星期一，晴

接王志勇信，寄来我发于4月27日《团结报》"文史长廊"版的《魏建功与台湾国语运动》复印件2份，《团结报》一直未寄样报来。

燕山出版社汇来稿酬3085.44元，《旧书信息报》寄稿酬20元。

给刘兰松寄《学人往事》。

刘向东寄《诗人刘向东》一书，为评论他的诗作的结集，内有信函。

接广州暨南大学孙文铄学友的打印函，全文如下：

我生不辰，时运欠佳；南北东西，浪迹天涯；衣食住行，唯住最差。先在宁夏，寒窑破瓦，后来暨大，六次搬家。年近古稀，始得安居，三室一厅，面积八八，偕女同住，也算"豪华"。吾愿足矣，岂敢怨嗟！老死岭南，甚佳甚佳，遍告亲友，哈哈哈哈！

附新址：……

专此奉达

马嘶学友

孙文铄敬告　　九月一日

下午 4 时，与洁去秦燕单位，取来她给买的熟肉、月饼及旅行时路上食品。

晚有雨，整整下了一夜，夜凉如秋。

9月5日　星期二，阴转晴

明杰今天生日，做鲜奶蛋糕一盒，买炸鸡一只，熟肉 3 种，面条 2 斤，拟下午去为他过生日。

近午，计伟打电话来，商谈去青岛事，初定本月 15 日成行。

下午，明杰送来猪肉、牛肉 10 斤。

下午 5 时，与洁去明杰家，晚 8 时半归。

9月7日　星期四，晴

下午 4 时上街理发，后去小戴家，见许多新收进的旧书，有不少是建国初期的出版物，买书 19 本，并《人民文学》2 卷 1—6 期（1950 年 5 月 1 日至 10 月 1 日）、《文艺月报》1959 年合订本、《上海文学》1960 年合订本、《人民文学》复刊创刊号（1976.1）等刊物，共 48 元。书有：《中国的声音》（北大版，香港回归纪念号，原价 288 元，今 6 元购得）、《中国协和医科大学校史》、《高启诗选》、《五月的矿山》（萧军）初版本（1954）、《红帽子随笔》（刘绍棠）、《恽代英来鸿去燕录》、《北京牛街志书——〈冈志〉》（1957）、《中国地下社会》、《梅花咏》、《人民日报社论选辑》（1957）、《抗美援朝，保家卫国》、《人民公敌蒋介石》（陈伯达著，大连东北书店 1949.6 初版本）、《迎春曲》、《民间文艺选辑》第四辑（1958）、《为创造新的英雄典型而努力》（陈荒煤）1952 年初版本、鼓词《王贵与李香香》（1951 年初版本），另有《老赵下乡》、《飞兵在沂蒙山上》、《晋察冀的小姑娘》等 3 本，均为"中国人民文艺丛书"，1949 年 5 月出版。今日收获颇丰。

9月11日　星期一，晴

上午，杨立元打电话来告，本月14日召开唐山作家群作品讨论会，要我回去。但我已决定15日去青岛，秦燕今日已去石家庄买票，故不能去唐山了。

给河大杨新强打电话，让他下午来拿《学人往事》。

中午，迅刚送东西来，他的老同事叶家强（现为南市区文化教育局局长）希望得到我的书，遂签名送他《负笈燕园》和《学人往事》各一册，《燕园师友记》已送他一本。

因不拟回唐山，遂给文联主席李凤桐写了封信，并签名赠李凤桐、白涤非、张学梦、杨立元、单学鹏、关仁山《学人往事》各一本，拟托杨新强带到唐山去。但杨新强没有来，晚上才打电话来说，他下午开会，迎接新生，实没有时间，并且不能去唐山开会了，他将写一篇文章，托刘玉凯带去。

9月13日　星期三，晴

下午，秦燕来电话告，去青岛的车票未买到，便拟改在10月中旬国庆旅游高峰期过去再去。

计伟从青岛打电话来，将这一变化告诉他。

4时半去小戴处，买《六大以前——党的历史材料》，8元；《北京园林植物识别》，2元；《世说新语校笺》下册，1元。

9月14日　星期四，晴

上午读《解冻时节》。

下午，秦燕打电话来，她已托人从北京买到16日从北京去青岛的539次车票，下午17时11分发车，次日晨7时12分到青岛。

赶紧收拾东西，但车票尚未拿到手。

准备给计伟带的书有我的《学人往事》、《勇敢者的伊甸园》，有《词系》、《北京图书馆馆史资料汇编》上下册、《古莲花池》、《量守庐学记》、《俞平伯序跋集》、《西谛书话》毛边本上下册、《晦庵书话》毛边本、《编辑忆旧》毛边本等，并易水砚一方。拟去曲阜看望张元勋，给他带去《学人往事》和易水砚一方。

中午，刘文欣从唐山打电话来。

晚，给计伟打电话，告去青岛日期。给张元勋打电话，打两次均无人接，不知何故。

9月15日　星期五，晴

上午，焦也来，谈他读《学人往事》感想，并谈他所了解的白洋淀温泉城案件，是个很好的创作题材。

下午，刘彦民送来去青岛的硬卧车票，下铺201元，中铺193元。去车站，买明日 K214 次去京车票 2 张，共40元。从车站回来，去小戴家，买旧书 10 本，26元，有《中国人留学日本史》、《拈花集》、《历史的审判》、《淮海战役亲历记》、《汤显祖研究资料汇编》上册、《学大寨民歌选》、《剑桥中华民国史》第 1 卷、《艰难时世》、《欧也妮·葛朗台》、《巴尔扎克评传》（译者杜嘉蓁签名本）。

晚，给张元勋打电话，谈拟去曲阜看望他，他表示极欢迎。

9月16日　星期六，晴

午饭后去车站，乘 K214 次去北京西站，又去北京站，乘539 次去青岛。

9月17日　星期日，晴

晨 7 时 12 分到达青岛，计伟在车站迎接，打车去他妹妹计梅家，她住在淮阳路亚联公寓院中楼内，我们就住在她家。

下午在附近漫游，熟悉环境，附近有两家旧书店，进去翻检，购得《胡风路翎文学书简》，3元。

9月18日　星期一，晴

计伟在中外合资的正大有限公司上班，极忙，无暇陪我们游玩。我们便自己随意去玩。

上午，与洁去海边游，游鲁迅公园、五四广场、音乐广场等处，很是惬意。青岛海滨很美，海边的建筑尤新颖，拍照片多张。

晚餐后归，计伟在家中等，设海鲜宴，我们只好随意吃一些；畅谈甚欢，赠他书及砚台等物。

9月19日　星期二，晴

上午，拟去崂山，行至半路又归，在海滨游玩至傍晚，在附近一家小饭馆吃水饺。

买好了去烟台的车票，明日去烟台看望赵曙光。给赵曙光打电话。

9月20日　星期三，晴

上午，与洁乘火车去烟台，11时40分到，赵曙光在车站迎接，接至他家中。他与夫人门老师极为热情，准备了海鲜和几样菜招待。

下午，赵曙光学长陪我们去海滨游玩。晚归。

他们腾出一间屋子给我们住，我们畅谈甚欢。

9月21日　星期四，晴

晨起，与洁去蓬莱游。汽车票每人8元。

游蓬莱阁，门票每张55元，共110元。看海市蜃楼录像，须另买票，录像片很短，图像很小，一看方知是受了骗。天很热，游兴不高，似乎连海都没有看到，实在无甚意思，花了冤枉钱。中午即出蓬莱阁，找一小饭馆吃三鲜水饺，连带休息，顾客极少，似乎只有我二人。下午3时便乘车回烟台。

与赵曙光谈北大旧事。

9月22日　星期五，晴

上午，乘火车回青岛，赵曙光兄送我们上站，分别时，他大为动情，痛哭流涕，惹得车上的人们问我："你们是什么关系？"当我说是同学时，人们大为惊异，以为我们肯定是几十年未曾见面。其实，两年前我们还见过面。

回到青岛，时间尚早，便去海滨闲游，玩至黄昏，又去附近的饭馆吃水饺。

在旧书店买书二本，其一为丰子恺漫画集《劫后漫画》，为民国三十六年初版本，但无封面。两本书花4元。

回计梅家住。

9月23日　星期六，小雨

上午，与洁去中山公园。计伟嘱回来吃午饭。饭后，计伟带我们去他家。他住在离海边不远的观海路一幢旧楼内，原为德国人住的地方，木结构小楼在山坡上，很别致，但住处较狭窄，楼梯极陡，走上走下令人有局促和心惊胆战之感。

他的书斋古色古香，线装书不少，藏书也具规模，且有一些书画作品。计伟颇具古风雅趣，读书写作之外，又弄书画、篆刻，还校勘古书，堪称多才多艺，可惜他的工作太忙，家累又重，做学问的时间实在太少了。

我们去看附近的王统照、黄公渚和萧军萧红的旧居，但细雨濛濛，我们无法细看。原想看看王统照的书房，也不能了。

计伟领我们与他的好友王灏远见面。王灏远毕业于山东大学历史系，现为某企业副总经理，颇善谈，读书甚多。

王灏远做东，请我们吃海鲜宴，他的女友和计伟的妻子、小女儿皆来。

饭后，回计梅家，计伟及妻女亦随来，同住在这里，以备明晨送我们去曲阜。

　　昨晚已与张元勋通了电话，今日托计梅买去曲阜的车票 2 张，每张 66 元。

9 月 24 日　星期日，晴

　　晨起，计伟送我们去火车站，乘 208 次特快去兖州。下午 4 时到兖州，又乘长途汽车去曲阜。

　　车到曲阜时，遇小雨，张元勋在车站等候，领我们到曲阜师大，在招待所住下。他说："房费和饭费都由我来算，你不用管了，这里同我都熟，吃饭时，你们只说是张元勋的客人就行了。"

　　张元勋在家中请晚宴，菜颇丰盛，他的一位学生作陪。

　　张元勋住房 160 平米，为曲阜师大教授住房最高级者，客厅颇豪华，皆是仿古家具和瓷器、工艺品，一派古色古香之气。他已退休，在学校里开设了红雨商店，雇有职工 10 名，有些就住在他家中。

　　边吃边谈，颇快。

9 月 25 日星期一，晴

　　早饭后，张元勋要了学校一部小车，陪我们去游览。现正是孔子文化节开幕之日，街上人颇多，但我们却远离开扰攘的人群，去孔子的诞生地尼山。

　　还没有离开市区，在公安局对面有一片开阔地，张元勋说，那里就是舞雩台的遗址。在曲阜，已经很少有人知道它的存在了，只有熟读《论语》且有着寻古访雅之癖的读书人才知道，这里便是古代举行求雨仪式的地方。《论语·先进》篇中那段脍炙人口的文字："暮春者，春服既成，冠者五六人，童子六七人，浴乎沂，风乎舞雩，咏而归。"这里便是那地方，现在已是一堆黄土了。

车子在弯弯曲曲的公路上奔驰，路越走越窄了，一路上几乎没有遇到什么车子，可见我们是走向荒漠的山地。走了好长一段路，经过了几个村落，才来到尼山脚下，这里便是孔子故里了。

夫子洞在尼山脚下一片开阔地上，一块矗立的圆顶长条山石，镌刻着"夫子洞"三个红漆大字，碑下一块长方形石座，刻的是孔子出生的简明介绍文字。碑旁是一大山洞，洞中平放着一块硕大的石榻，恰似一张大床，据说孔子就出生在这里，这便是所谓"野合"说，就连司马迁的《史记·孔子世家》中也说："纥与颜氏女野合而生孔子。"而张元勋却敷衍发展成了一个很有人情味的故事。

由"夫子洞"拾级而上，登至半山处，有个观川亭。这就是我们常常引用的《论语·子罕》中的"子在川上曰：逝者如斯夫，不舍昼夜"那句名言的出处。这是一条干涸的河床，而在孔子的时代，这里是五川汇流的地方，水流湍急，孔子在这里感慨起韶光飞逝、人生易老，遂产生了珍惜时光之想，这才对学生们说了那段千古传诵的名言。

拍照片数帧。中午，赶回曲阜师大招待所午餐，饭后去游孔庙、孔府、孔林。张元勋兄不仅做了我们的向导，而且边看边讲，他对这里的一切都了如指掌，讲起孔门的事来如数家珍，引得旁边的参观者也走过来聆听。元勋兄是曲阜师大的古代文学教授，专治先秦文学史，著有《九歌十辨》等专著。他平反后来到曲师大，十年中完成了讲师、副教授、教授的三级跳，且又学有专长，真也令人敬佩。他的讲解十分生动，使我获得了许多知识和印象，另有他的一个学生、现任曲阜文物管理处的科长来陪，我们真是不虚此行了。

晚6时许始归，在招待所吃饭。饭后，张元勋到我们的屋子来谈天。赠他《学人往事》和易水砚。我们谈北大旧事，自然又谈及林昭，又谈到谭天荣、林希翎等人之事，他知之甚多，谈至 11 时才去。

9 月 26 日　星期二，晴

由于这几日比较累，今日不拟出去。上午，与洁在曲阜师大校园里游逛、拍照，在孔子巨像前留影。

下午，张元勋来，请我们去他家吃晚饭，算是饯行，因明日要离开曲阜。

与张元勋谈北大往事，谈至 11 时方散。

9 月 27 日　星期三，雨

晨起即有小雨，早饭后，冒雨去济南，张元勋兄借了雨伞，送我们在校门口公路边等长途汽车。作别。

原拟从济南乘火车去石家庄，再由石家庄回保定，下了汽车后，见这里有去保定的长途汽车（13 点 20 分开），遂买了票，每张 53 元。上车后，一路有雨，且多有修路之处，很不好走，7 时多才到保定。

9 月 29 日　星期五，晴

下午，去小戴家，他刚从徐水进书归来，挑选旧书 19 本，31 元，有《书目答问补正》《书的基本知识 300 题》《国术概论》《多党合作纪实》《少年维特之烦恼》《十大名园》《王无功文集》五卷本会校、《杨刻蔡中郎集校勘记》《徐光启集》上册、《方言音释》《中国史学入门》《礼记目录后案》《烟文化》《中国茶与健康》《毛泽东与同事（1）》《正草隶篆四体字典》《活的英文法》（民廿三世界书局初版）等。

9 月 30 日　星期六，晴

晨起，去旧书市场，买《鲁迅和他的同时代人》上下册，8

元;《邓石如研究资料》, 5元;《海天琴思录》, 3元;《诗问四种》3元。

去农大邮局,取《旧书信息报》稿酬20元,给赵曙光挂号寄去《学人往事》。

10月4日　星期三,晴

上午,写《瞻仰萧军萧红青岛旧居》一文,未竟。

下午4时,去小戴家,买旧书9本,24元。有《英华大辞典》, 10元;《湖海集》、《李贺诗歌集注》、《读四书大全说》上册、《中华药史纪年》、《中医食疗》、《幻灭》(巴尔扎克)、《索性做了和尚》(弘一大师讲演录)、《中国国家图书馆》等。

10月5日　星期四,阴

上午,写完《瞻仰萧军萧红青岛旧居》一文, 1000字。

下午,任彦芳打电话来,他已到保定。

4时去小戴家,他刚进书回来,买书刊9本, 18元,有《商务印书馆大事记》、《英语动词成语词典》、《辞海:语言文字》、《中国人》(林语堂)、《拜伦诗选》、《白鹿原》、《各界》创刊号、《常用中成药》、《四季养生保健》。

10月7日　星期六,阴

晨起去旧书市场,买《牛棚杂忆》(季羡林), 2元;《皖南事变》, 2元;《鲁迅在广州》, 1元;《曲阜观览》, 2元;《龚自珍年谱》, 3.5元。

下午,抄改《瞻仰萧军萧红青岛旧居》,延伸到1700字,寄《半岛都市报》。

读《中国人》,极有兴味,书中充溢着真知灼见,读之有相见恨晚之感。

10月8日　星期日，晴

晨起，去旧书市场，买黄裳《银鱼集》，2元；钟敬文《建立中国民俗学派》，2元；叶圣陶《箧存集》2元。

在旧书市场一家旧书店，见有一本《负笈燕园》，拿过来看，竟是今年2月间我赠给北大中文系的那签名盖章本，当时是请张鸣转交的，不知是何人所卖？真是冤家路窄，今日让我遇见。给彦芳打电话谈及此事，他意要去北大中文系追查。他今日下午回京。我倒并不在乎这种事，随他去吧！在旧书店被人买去，也就至少多了一个读者。

读《牛棚杂忆》、《银鱼集》。

10月9日　星期一，小雨

上午，写散文《曲阜寻圣迹》，得2700字。

焦也来访，送来《白洋淀赌城追踪》和《天津抗日杀奸团》复印件，后者是谈1939年元旦行刺周作人之事。

接赵曙光信，他已收到《学人往事》，并谈及我们促膝谈心，他颇受到鼓舞。

10月11日　星期三，阴

上午修改《曲阜寻圣迹》。

下午去小戴处，买旧书17本，30元，有《静静的顿河》（一）、《驴皮记》、《卡斯特桥市长》、《艾伦》、《清宫十三朝》上下册、《春水东流：陈香梅回忆录》、《文革死亡档案》、《中国书店》、《五四以来电影歌曲选集》、《中成药的合理使用》、《儿童折纸大全》、《川岛芳子传》、《弘一法师的故事》、《道德经释义》、《革命委员会好》等。

10月14日　星期六，晴

晨起去旧书市场，买《樗下随笔》（止庵）、《养吉斋丛录》，共6元。

上午，玉芙来接我和洁去钓鱼，连堂、志方、育林等亦去，钓鲤鱼20斤，花160元，王鲲付款。后去育秋家吃螃蟹。

10月15日 星期日，晴

晨起去旧书市场，买《史记志疑》第三册，3元；《田中奏折隐探集》、《十里洋场众生相》、《文化史料》（6），共6元。

翻阅《史记志疑》和《纲鉴易知录》、《史记》等书，研究孔子出生之事，为修改《曲阜寻圣迹》一文找材料。

10月17日 星期二，晴

给张元勋、赵曙光、计伟写信，各寄照片数张。给青岛王灏远寄《负笈燕园》，由计伟转交。

下午去任彦芳处。先去非凡书店和华文书社，买旧书5本，共15元，有《书文化大观》、《古史新证——王国维最后的讲义》、《学府丛刊》第1辑、《晦庵书话》毛边本。

晚9时，江枫打电话告：《雪莱全集》首发式定于本月24日下午2时半在北京台基厂对外友协召开，要我去。请柬即寄上。

彦芳将他的书稿《谎言的悲剧》打印稿给我看，因太长，望我给他删去几万字，以十天为期。将书稿带回。

10月19日 星期四，晴

上午，去小戴家买书，8时多去时，他仍在睡觉，便折回古物市场，在两家新开的小书铺选购了几本旧书，有《翦伯赞学术文集》，2元；《李大钊早期思想与近代中国》（作者朱成甲赠克敬签名本），2元；《蒋介石》、《革命史资料》（一）、《中国宫廷秘传美容术》、《世界历史大事纪年》下册、《读诗常识》等，共8元。

又去小戴家。他作日才从徐水进书来，新书颇多，挑选了18本，共38元，有：《忆往谈旧录》（梁漱溟）、《宋词选》（胡云翼选注)、《中共党史辩疑录》、《文史工具书及其使用法》、《历史在这里沉思》、《古建筑游览指南》、《培根论说文集》、《历代兵制浅说》、《魏晋南北朝文学史参考资料》、《骆临海集笺注》、《辞海·历史第5册近代史》、《北京医科大学的八十年》、《扬州画舫录》、《今井武夫回忆录》、《最新实用中国地图册》、《怎样活到一百岁》、《广告美术字变体与徽标设计》等。

下午，誊抄《曲阜寻圣迹》一文，3600字，拟寄《群言》杂志。

读《谎言的悲剧》书稿。

10月21日　星期六，晴

晨起去旧书市场，买《艺林名著丛刊》，3元。

早饭后，与洁去秦燕家。我先去开明书店，买《胡适论学往来书信选》上下册，20元；《红楼梦最新研究论著目录》，1元；《河北编著出版纪事（春秋至民国）》，4元。

接《雪莱全集》首发式请柬。

10月24日　星期二，晴

上午乘特快车去京，10时多到西站。乘汽车去东单，在米市大街一家四川小吃店吃牛肉面一碗，6元。漫步至灯市口，见有中国书店，进去看，旧书颇多，选购了三本：《抗战时期桂林文学活动》（只印了500部），10元；《蓝鼎元论潮文集》，12元；《秘录笺存》，无封面，2元。

下午2时到台基厂对外友协，在会场结识了河北教育出版社社长兼总编王亚民。

3时开会，见江枫、张炯等人。对外友协会长陈昊苏主持，王亚民、江枫讲话后，讲话者有张炯、金坚范、任鸿渊、乐黛云、汝信等，任继愈写来祝贺信。4时半散会后，有茶点。我忙领了书出来。《雪莱全集》，七卷本，河北教育出版社出版，印刷精美，定价355元，共印了2000套。

乘K185次车回保定，到家已晚8时。

10月26日　星期四，晴

上午，写完《江枫与〈雪莱全集〉》一文，2700字，拟寄《文论报》。下午去小戴家，买旧书8本，22元，有《剑桥中华人民共和国史1949—1965》、《中国诗歌艺术研究》（袁行霈）、《周一良先生八十生日纪念文集》、《中国历代寓言选》上册、《李清照评传》、《中国的邮票》、《中国民间玩具》等。接赵曙光信。

10月31日　星期二，晴

上午，读完《谎言的悲剧》书稿。

整理这几年发表过的书话类文章，数量已不少，足够编一本书话集了。

下午4时，与洁去小戴家，买旧书8本，15元，有《词珍》、《日伪北京新民会》、《清园夜读》、《中国文明的起源》、《辞海：中国近代史》、《中华人民共和国邮票目录》、《三字经训诂》、《再生缘》等。

后去三丰路鑫丰家具城看家具，归来时在饭馆吃午肉拉面。

本月买书110册，花255元，为历年购书最多的一个月。

《保定日报》登出金昌小区的分房通知，要求拆迁户于11月5日至10日办理购房手续。

11月1日　星期三，晴

上午，秦燕去跑分房之事，下手已经晚了，三室的已无好房，只好等下一栋楼盖成（约在明年3月）。

为书话集（暂名《旧书残梦》）集稿，复印一些旧稿，发表过的文章已有一百三四十篇，足够编一本书。

翻阅《清园夜读》等书。

11月2日　星期四，晴

晨起，与洁步行去金昌小区看新房，归来在饭馆吃牛肉面，回家已9时半。

整理《旧书残梦》，得135篇。

田晓宇自太原打电话来，问《学人往事》出版情况，并询问关于王力先生的一些事，他正在研究王力的著作。

11月4日　星期六，晴

晨起去旧书市场，买《近现代书斋室名趣录》，4.5元。今年8月间在北京琉璃厂松筠阁书店曾见此书，定价19.5元，当时想买一本，但浏览了书店之后，便寻不到此书了，故未能购得，不想今日在这里不期而遇。此书为河北周金冠所著，河北教育出版社出版。回来翻阅此书，发现有我的紫骝斋条目，文曰："紫骝斋，当代河北文艺评论家马嘶的书室名。"

11月5日　星期日，晴

上午，与洁去金昌小区分房处，秦燕等亦去，房尚不知分在何处。中午，在麦香园吃烧麦，饭后乘车归。

下午，秦燕打电话说，房子已定，在金昌西小区17号楼2单元302室，二室一厅，全阳面，82.8平方米，明日去交款。

11月6日　星期一，晴

上午，交房款后拿到了钥匙。午饭后，与洁去看新房，比较满意。商量房屋装修事。

11月7日　星期二，晴

今日立冬，天骤冷。

下午，与洁去三丰路看地板砖等物，后去农大邮局，给田晓宇寄《学人往事》。

去小戴家，买旧书 9 本，24 元，有《修静斋文集》（殷崇浩著，印 500 册）、《红楼梦影》、《瞿秋白批判集》（"文革"材料）、《生活的艺术》（林语堂）、《顾准日记》、《汉魏六朝散文选》、《汉书选》、《九三学社五十年（1945—1995）》、《古今艺文》（台湾刊物）2000 年第 28 卷 2 期。

晚，给田晓字写信。

11 月 8 日　星期三，晴

上午，与洁去金昌小区新居，带去小方凳、扫帚、暖水瓶等物，但尚无水电。丈量房屋，设计摆放家什方案。中午归。

下午收拾旧书，又装了 4 个纸箱，已装了 17 箱了。

11 月 11 日　星期六，晴

早饭后去旧书市场，买《清代七百名人传》上、中册（缺下册），10 元；《记萧乾》，2 元；《特工秘闻——军统活动纪实》，4 元；《日月双照——鲁迅与郁达夫比较论》，1.5 元。此为作者郑心伶签名本，只印了 1500 册。

后与洁去新居，明杰、秦辉亦去。下午，与建增去三丰路买地板砖等物。晚读《顾准日记》。

11 月 14 日　星期二，晴

上午看书话稿。

下午去小戴家买书，买到《毛泽东的囚徒》、《我们走过的路》（《中国青年报》内部资料）、《涵芬楼古今文钞征订书》、《中华人民共和国国务院公报》1957 年第 27 号至 54 号合订本、《中央政法公报》1950 年 10—20 期合订本，《哈尔滨市工商界自我改造经验交流会展览汇编》（1958.5）等 6 本，15 元。

11 月 17 日　星期五，晴

上午，与洁去新居，今日试水，工人开始嵌地板砖。

去彦芳处，将《谎言的悲剧》书稿及阅后意见给他。将《旧书残梦》简介送他两份，他今日回京。

10 时出，去开明书店，买《红楼梦研究参考资料选辑》第 2 辑，5 元；《晚清国粹派》，8 元。

给董伟康写信，寄《旧书残梦》书稿简介。

11 月 21 日　星期二，晴

上午，与洁去新居，后去前卫路家具城。中午归，在农大门口饭馆吃锅贴。

下午 4 时去七一路家具城，在城南木器厂定做书架 3 个，书橱 1 个（给秦昊），共 1260 元，先付押金 100 元。书架图样由洁设计。

读《顾准日记》、《晚清国粹派》。

11 月 25 日　星期六，阴

晨起去旧书市场，买《说文解字》，3 元。

上午，田晓宇自太原打电话来，谈颇久。他已将《学人往事》看了两遍。

11 月 26 日　星期日，晴

晨起去旧书市场，买《肖斯塔科维奇回忆录》，2 元；《中国人民大学图书馆古籍善本书目》，9 元；《解放战争时期的中共中央上海局》，4 元；《静静的顿河》（四），4 元。

10 时，志方接我们去育秋家。

11 月 28 日　星期二，雾

上午去小戴家，他昨日去徐水进书，给我打电话来。买旧书刊 15 册，35 元，有：《李白文学之研究》（台湾师范大学国文研究所硕士林贞玉的论文）、《文献》1991 年第 4 期、《纵横》总 1—4 期合订本、《毛泽东和他的秘书田家英》（已买过一本）、《劫收日记》、《刘绍棠小说选》、《八大胡同》、《世界猿猴一览》、《公孙龙子新注》、《宁夏古代历史纪年》、《天涯萍踪——记肖三》、《魏晋南北朝文学史参考资料》、《朱元璋传》、《儒道佛人物及传说》、《古汉语常用字字典》等。

接 11 月 6 日的《半岛都市报》（青岛）样报，发了我的散文《瞻仰萧军萧红青岛旧居》。

11 月 30 日　星期四，晴

写《国学大师身后事》。

下午，去小戴处，买《刘绍棠传》，3 元；《张澜》，2 元。

本月共买旧书 52 册，166 元，为这几个月中最少者。

晚，翻阅《刘绍棠传》。

12 月 1 日　星期五，晴

上午，与洁去新居。

去非凡、华文、开明等三家书店。在华文书社买《杜邻存稿》，5 元。此为四川女学者黄稚荃所著，四川人民出版社出版，只印了 1475 册。几个月前，我曾在这里见到此书，喜其有些稀见之资料，如《前国民政府国史馆筹备及成立经过》等等。想买，但又放下，回来后便有些追悔。后来再去，翻遍书架，皆未得见，想是已被人购去，便有失之交臂之痛。不意今日又见，实缘分也，遂购下。在开明书店，购焦循《孟子正义》上下册，20 元。

今日为农历十一月初六日，是我的生日。中午，与洁在农大附近的六合顺饭庄午餐，要了四个菜（皆要半盘），有糖醋里脊、蘑菇炖鸡、栗子牛肉、六六顺（素菜），花33元。但仍剩菜颇多，打包带回。

下午，洁去新居，我去农大邮局取件，文化艺术出版社寄来退稿费100元，即原拟出的《北大遗事》一书中我的《我的几位业师》一稿。因出版社停业整顿，书不能出。取田晓宇挂号信，他对《学人往事》一书多赞颂之词，也提出一些看法和疑问。

翻阅《杜邻存稿》，颇感兴味。

12月3日　星期日，晴

已定木器厂今晨来送书架，晨5时即起，与洁去新居，但直到8时多才送来，书架和书柜做得不错。与洁在袁家小吃店吃驴肉火烧。

新居装修已完，今日大清扫，共11人，中午在麦香园午餐。开始往这边搬运东西。

12月6日　星期三，晴

上午去小戴家，买旧书18册，47元，有《文学界》创刊号（1936年）、《莎士比亚全集》第11卷、《我这三十年》、《弗洛伊德传》、《先秦文学史参考资料》、《斯大林和他的情人》、《廖乾五》、《尹达史学论著选集》、《中国历代盛世农政史》、《曲终集》、《我与东北军》、《诗书画丛刊》第3辑、《续藏书》、《庄子》、《初学记》第一册、《中国通史简编》修订本第一编、第二编等。

任彦芳打电话来，他刚来保定，言及《旧书残梦》书稿简介已交给中国文史出版社社长，他感兴趣。

翻阅孙犁的《曲终集》。

12月7日　星期四，晴

晨起，与洁推自行车驮些小件东西去新居，早餐吃驴肉火烧。

去彦芳处，谈至10时40分辞出。他送任簺新出的《漫点皮黄聊京戏》一书，又告：《北大遗事》一书由青岛出版社出。

下午，写《国学大师身后事》。

12月13日 星期三，晴

写《国学大师身后事》。

下午，与洁去七一路家具城，买春秋椅一套，1615元，电视柜一套，600元。

12月16日 星期六，晴

晨起，去旧书市场，买《超越江湖的诗人》（印800册）、《国画大师赵望云》（印2000册），共5元。

接《群言》杂志王娅妹信，告我的《曲阜寻圣迹》一文将发排，索要有关照片。立即复信并寄照片4张，均为在曲阜与张元勋的合影，并皆突出了景点。

戴天恩来信，他编著了《普希金中译本的百年书影》一书，并寄来部分黑白印样，要我找出版社联系。

12月18日 星期一，晴

上午，写《国学大师身后事》。给魏至写信，询问关于魏建功师的有关事。

下午，整理旧报纸，剪贴材料。

晚6时，小戴妻子打电话来告，小戴刚从徐水进书归来，让我去挑书。遂去他家，购旧书16本，40元，有：《新华社回忆录》、《大众日报史话》（作者陈华鲁签名本）、《王明言论选辑》、《怪异鬼才三岛由纪夫传》、《东方宏儒季羡林传》、《宋美龄传》（台湾版）、《毛泽东·党天下·野百合花》（台湾版）、《历代文学及工具书常识》、《金瓶梅考证》、《秦牧专集》、《萧军萧红外传》、《中国诗史》中、下册、《唐宋词格律》、《一百个国耻纪念日》、《理性与人道——周作人文选》等。

12 月 19 日　星期二，晴

上午，剪报纸资料，收拾书，准备让李刚明日搬书一次。

下午，小戴打电话来，他今日又进了一些书来，遂去他那里，买了《中国工具书大辞典》、《中国古代散曲精品赏析》、《花月痕》、《参考地图册》、《集邮世界 250 问》（作者林衡夫签名本）、《鲁迅言论摘录》（"文革"读物，北航"红旗"印）、《历史的误区》、《百科知识》创刊号等，共 8 本，20 元。

李刚夫妇来。

12 月 20 日　星期三，晴

上午，李刚夫妇开车，帮我拉书 17 箱及报纸等杂物，下午又拉一车零碎小件物品。

在新居整理书，上架，晚 7 时归。

晚，清苑的浩歌（李志宽）打电话来，我们已十余年不通音信，他打电话去唐山文联，才知道我在保定的电话。他说要出文集，请我编选并写序。我答应写序，但请他自己编选。

12 月 21 日　星期四，晴

将书架上的书装箱，今日又装了 17 箱，尚有很多未装。

唐山市文联寄来关于城镇职工基本医疗保险的几个文件，明年就要实行新的医疗制度了。

12 月 23 日　星期六，晴

下午，将架上的书装完，共 20 箱，连同前次装的，共 37 箱。

整理资料及稿纸、信封等物，准备装箱。

12 月 24 日　星期日，晴

晨起去旧书市场，无所获。

收拾书、物，打捆，准备搬家。

接魏至信，谈及魏建功师的一些事。

12 月 25 日　星期一，晴

上午，李刚夫妇和其内弟来帮助搬书及书架等物。中午在饭馆吃驴肉火烧。下午，移书上架，5 时归。

12 月 26 日　星期二，晴

上午去新居，搬书上架。下午又去，书上架已毕，但尚未整理，只是胡乱上架。

12 月 27 日　星期三，晴

上下午均来新居整理图书，准备明日搬家，一切皆准备好了。

书斋比过去大了许多，但仍只能放下 6 架书，一个写字台，一张长沙发及茶几，但暂时已有了个较为满意的读书、写作环境了。

12 月 28 日　星期四，晴

今日由搬家公司来搬家，孩子们也多来帮忙，中午在麦香园吃饭。不赘。

12 月 30 日　星期六，晴

晨起去旧书市场，买《郭沫若书信集》上下册、《华北危局纪实》、《唐女诗人集三种》、《北京同仁堂史》，共 11 元；《垂暮之年》，4 元；《韬奋与出版》，2 元。

10 时多，王鲲接我们去育秋家，晚饭后归。

12 月 31 日　星期日，晴

晨起，与洁去逛早市，在小吃店吃驴肉火烧。

下午，秦燕、小赵来。

读《垂暮之年》，此为俄国瓦 · 费 · 布尔加科夫所写的日记体的关于托尔斯泰晚年生活纪事，写的是列夫 · 托尔斯泰生命最后一年的真实生活。

2000年是我一生中买书最多的一年，全年购书776册（绝大多数是旧书），共花去2217元。这些书有很大一部分是从小戴那里买的。

刚搬过来（大部分人家尚未搬入），既没安装电话，又未安有线电视，只靠着一个小灵通同别人联系。

与洁在悄然中度过了新年除夕之夜，只用半导体收音机收听了新闻联播，9时多即睡。

在寂寥中悄然度过了20世纪的最后一夜，明天就是21世纪了。

2001 年日记

1月1日　星期一，晴

　　上午，孩子们来，中午在麦香园吃饭，自带海螃蟹让他们煮熟，自带酒水和米饭，只花了135元。

　　整理架上书。读《垂暮之年》。

1月2日　星期二，晴

　　下午，去建国路旧居收拾零碎物品，得中国作家协会贺年片、田晓宇贺年片、《古籍新书目》以及几份报纸。

　　去农大邮局领取《半岛都市报》稿酬50元。给《新文学史料》汇款60元、《古籍新书目》汇款10.8元，订阅2001年报刊。给魏至挂号寄去《如皋文献》。4时，驮东西归新居。

1月6日　星期六，雪

　　晨起，骑车去旧书市场，买《五四历史演义》，1元；《文史资料选编》第31辑，1元。下起小雪，雪越下越大，遂成中雪。

　　回建国路旧居，电话尚未停机，给小风、任彦芳、浩歌、魏至等打电话。

　　接魏至贺年片，片上写着："纪念魏建功先生诞辰100周年学术研讨会及《魏建功文集》首发式请柬日内给您寄上。"接刘兰松、蔡根林贺年片。

　　归家已10时。

1月7日　星期日，大雪

　　晨起，拟去散步，一出门，大雪没脚面，不得出。

一天不能出门，剪报纸资料。

浩歌打电话来。

1月10日　星期三，晴

上午，浩歌夫妇自清苑开车来访，带来他过去出版的八本书，要编《浩歌文集》，让我写序。赠他《学人往事》、《负笈燕园》、《燕园师友记》、《紫骝斋文学论评》四本书。中午，在川菜馆吃火锅，饭后去。

下午剪贴旧报。

1月17日　星期三，晴

农历腊月廿三日。

上午，乘306路车去建国路。先去小戴家，买旧书刊12本，16元，计有《天下才子必读书》、《西南联合大学纪念册》、《文豪的妻子》、《中国通史简编》第三编第二册、《爱的故事》、《论工商业政策》、《毛泽东诗词选》、《纵横》84年第3期、《首都博物馆丛刊》、《现代世界警察》创刊号、《美术资料》第5辑"户县农民画专辑"、《炎黄春秋》1997年第6期。

下午，与洁乘6路车去连堂家送年货。

1月19日　星期五，晴

晨起，与洁上街购置年货。

上午，给张元勋、赵曙光、石四维、董伟康、刘卓杰、刘兰松等写信，告新址。

下午，去邮局发信，在开明书店买《老舍资料考释》上下册（精装，印2000册）、《南京国民政府军政要员录》、《一大前后》（二），共28元。

1月23日　星期二，雪

今天是农历腊月二十九，是龙年的除夕。

上午，孩子们来，包饺子。

秦燕将出国参加国际博览会。洁仍在家中输液。

小风、杏雨、王志勇、杨静、王玉青、燕洁等打电话来拜年。

1月25日　星期四，晴

大年初二。孩子们均过来。

秦燕去京，飞法兰克福参加国际博览会。

计伟打电话拜年。

1月30日　星期二，晴

上午，去青年路开明书店，买《章炳麟论学集》、《奉化文史资料》（二），共11元。又去阳春书苑，张维坤不在，翻书后归。

2月1日　星期四，晴

上午翻阅旧报。

张响涛来。张维坤来访，谈书事，赠他《学人往事》。

下午，去邮局交电话费，后去华文书社，买旧书7册，共20元。计有《曹雪芹祖籍考论》、《中华民国政治史》、《往事如烟》（梅志）、《难忘的影子》（辛竹，即金克木）、《番石榴飘香》、《翠墨集》（黄裳）及《翠墨集》毛边本。

接刘兰松信。

2月2日　星期五，晴

读梅志《往事如烟》，一日读毕。翻阅《曹雪芹祖籍考论》，此为河北社科院文学所王畅编著。

中午，刘彦民来接，我、洁、小赵等去金台酒店午宴。

下午，为《浩歌文集》写序。

2月3日　星期六，小雪

早饭后，骑车去旧书市场，只有小戴等两三家，无所获。

去建国路旧居，开信箱，取出中国作协寄的《作家通讯》和邮件通知单，去农大邮局取来《旧书信息报》合订本及藏书票。

有小雪，旧书市场已无人，在旧书店买《忆周扬》，6元。

读《忆周扬》和《曹雪芹祖籍考论》。

2月4日　星期日，雪转晴

晨起有小雪，天冷，未出。

上午，写完《浩歌文集》序，4000字。

下午，整理抄改《国学大师生前身后事》。

读《忆周扬》、《曹雪芹祖籍考论》。

2月7日　星期三，晴

元宵节。

上午，小赵、秦昊来，秦辉来，包饺子。

秦燕自法兰克福归来，刘彦民去北京机场迎接，中午到，连同司机等在这里午餐，饭后去。

上午，抄完《浩歌文集》序。

下午，抄改《国学大师生前身后事》。

读《忆周扬》、《曹雪芹祖籍考论》。

2月8日　星期四，晴

天晴，天气转暖。

上午，给浩歌打电话，他让我把序文寄给他。

2月3日出版的《文汇读书周报》今日才到，第10版点题征文"2000年：读者印象最深的一本书"栏目中，有甘肃尹瑞邦写的《既是学者，又是思想者——读〈学人往事〉有感》一文，这是在报纸上见到的第一篇评《学人往事》的文字。

下午，去邮局发信，去华文书社，买沙汀《敌后七十五天》、杨绛《干校六记》、陈白尘《云梦断忆》，共4元，均为三联书店 80 年代出版。

2月9日　星期五，晴

上午，在开明书店买北大出版社出版的"红楼梦资料丛书" 3 种：《风月梦》、《绘芳录》上下册、《续红楼梦新编·续红楼梦稿》，共 18 元。

2月12日　星期一，晴

上午，改《国学大师生前身后事》。

接卓杰表哥信，他得了轻微脑血栓，已愈。见他所写的信，脑子很清楚，写字也可以。

下午，去省印路百草园书店，买《鲁迅研究年刊》1979 年创刊号（西北大学），《中国近三百年学术史》（梁启超）无封面，《北平和谈纪实》，《回忆中华书局》下册（已购得上册），共 30 元。

2月15日　星期四，晴

上午，《群言》杂志王娅妹打电话来，我的《曲阜寻圣迹》一文已发 2 月号，寄来样刊 3 本，寄旧址。由于我寄的 4 张照片没有收到，只好配发了一组现成的曲阜景物照片，实为遗憾。

在枫林书店买《从领袖到平民——陈独秀沉浮录》，半价 6.5 元。

2月16日　星期五，晴

晨起，骑车去建国路旧居，开信箱，得《群言》杂志 3 册，尤新信一封。

改抄《国学大师》。

下午去小戴家，买旧书 4 册：《张大千传》（上）、《雅舍谈吃》、《李煦奏折》、《鲁迅散论》，共 10 元。

明杰夫妇来，晚饭后去。

2月20日　星期二，阴

给尤新写信。他在《涿州报》办了个"日记版"，向我约稿。写了一篇《读文化名人日记》寄给他。给张元勋写信，寄《曲阜寻圣迹》复印件。

下午去邮局发信，去开明书店，选书三本，因不满其索价，未成交。

翻阅关于陈独秀的一些资料，颇有所得。

2月22日　星期四，阴

改《国学大师》。发现新材料越来越多，文章也越写越长，可以扩展为一本专著，拟名为《国学大师魏建功：生前身后事》。

小风打电话告，《书与人》杂志刘芳来函说，我的《忆浦江清师》一文将发，索要浦江清先生的照片。信寄至唐山家中。

晚，翻阅旧报。

2月24日　星期六，晴

早饭后去旧书市场，买《林语堂自传》，3元；《土地》（陈学昭著，1953年初版本），1元；《王一飞传略·文存》（印1800册），1元。

复印《浦江清文史杂文集》上的照片，寄给《书与人》刘芳。

秦燕送来杨振的信。翻阅陈独秀的材料。

读王凡西《双山回忆录》，很有兴味，此类内部读物给我开拓了一个新的天地，读后颇有所得。

2月27日　星期二，晴

写完《陈独秀遗稿〈小学识字教本〉》一文，7000字。

读《双山回忆录》。

3月1日　星期四，晴

天气回暖，白天已到 16 度，换装。

上午，写《国学大师》。

下午，去华文书社，无所获，又去河大出版社书店，在特价部买《苍洱之间》（罗常培）、《沙上的脚迹》（施蛰存）二书，均为 8 折，共 13.5 元。

3月2日　星期五，晴

上午写《国学大师》。

下午，洁去育林家，王丽萍生一女孩，洁去看望。我去鱼跃书店，买《张元济日记》上下册，价 67.3 元；《林昭，不再被遗忘》，12 元；《古槐树下的俞平伯》，15 元。因有优惠卡，打 8 折，共 75.5 元。

《张元济日记》与《张元济书札》是早想买的书，只因价昂而未购，昨日在华文书社见《张元济书札》三大厚本，恐要一百多元。鱼跃书店只进了这一套《张元济日记》，让我购得。《林昭，不再被遗忘》拟送王志勇、杨静。

下午 5 时半，小戴打电话告：他刚进了一批书，要我去看。骑车去他家，书很多，选了 9 本，皆很厚，共 40 元，有《中华民国知识辞典》、《重庆名人辞典》、《抗战时期国共合作纪实》上下卷、《近代稗海》（10）、《胡适研究丛刊》第 1 辑、《四川省地图册》、《护法运动》等。

晚看电视剧《鲁迅与许广平》。

3月3日　星期六，晴

早饭后去旧书市场，买《中国国民党历史教学参考资料》第三册，3 元；《中国的反右运动》，1.5 元；《彷徨与顿悟—1919年实录》，2 元；《目录学概论》3 元。

中午,与洁去秦燕家,秦辉母女也去了,吃烤鸭,饭后归。

下午4时,任彦芳打电话来,他已到保定,明日即回京。遂去彦芳处,谈到6时归。

3月4日 星期日,晴

早饭后去旧书市场,买《中国国民党教学参考资料》第二册(1927–1937)3元,《重庆客》1元。在小戴处买《华夏胜迹——中国重点文物保护单位》下册、《中国第二历史档案馆简明指南》、《在冯玉祥将军身边十五年》,三本共10元。

张维坤赠《柳亚子年谱》。接《群言》杂志寄《曲阜寻圣迹》稿酬150元。《文论报》第533期(3月1日)发了我的《江枫与〈雪莱全集〉》一文。

下午,写《国学大师》。

晚读《张元济日记》。

3月6日 星期二,晴

上午,给刘章写信慰问病体,给刘向东写信告新址,给江枫写信寄文章复印件。

写《国学大师》。

下午,去邮局发信后去非凡书店,好书不少,买旧书6册,40元。有的是半价,有的是略高于半价,但皆是早几年出版的,定价较低,计有《清华大学史料选编》第二卷(上)、《北京大学与五四运动》、《南社史长编》、《中国现代知识分子的历史轨迹》、《九三学社历史资料选辑》、《旧大公报坐科记》等。这些书多是印数很少,且有价值。

3月7日 星期三,晴

写《国学大师魏建功》,已得6万字。

接《涿州报》尤新寄来的样报,该报2月28日"日记版"

发了我的《读文化名人日记》一文。

读《张元济日记》、《古槐树下的俞平伯》。

3月10日　星期六，晴

晨起，去旧书市场。先去小戴家，买书6本，共12元。有《烽烟图》（梁斌）、《刘说字画》、《邓广铭学术文化随笔》、《储安平：一条河流般的忧郁》、《罗隆基：我的被捕的经过与反感》、《王造时：我的当场答复》等。在旧书摊买《〈中学生杂志〉六十年》，2元。

去建国路旧居开信箱，接北大古文献研究所关于召开"纪念魏建功先生诞辰一百周年暨《魏建功文集》出版学术研讨会"的通知。

为了参加北大的会议，开始写《魏建功先生的魅力》一文。

给戴天恩、尤新写信。

3月14日　星期三，晴

晨起，与洁乘7时的火车去涿州，给澄心姐家带去酒、扒鸡、围巾、书等物。8时多到涿州，下车后在饭馆吃早点。步行至保定市第二中心医院澄心姐家。11时，瑞英和她的丈夫从北京来，大家见面甚欢快。

下午，尤新来访，畅谈书事，甚欢，5时才去。赠他《负笈燕园》、《学人往事》。

赠瑞英夫妇《负笈燕园》和《学人往事》，赠澄心姐《学人往事》。

3月15日　星期四，晴

下午，尤新来，赠我《巨人的诞生》、《世界上最伟大的推销员》二书。

十时半，我们同瑞英夫妇一起去车站，他们回京，我们回保定，晚8时多抵家。

3月16日　星期五，晴

整理抄改《陈独秀与〈小学识字教本〉》一文毕，6300字。

翻阅尤新所赠《日记报》，很喜欢。

3月17日　星期六，晴

晨起去旧书市场，买北大出版社出的口述自传三种：《跋涉者：何满子口述自传》、《小书生大时代：朱正口述自传》、《风雨平生：萧乾口述自传》，共8元。买《红楼梦评论选》上册，6元。

与书友曹振甲（清苑县文教局）相遇，他随我来看新居的书斋，赠他《负笈燕园》和《学人往事》，他住在市郊米家堤村。

3月18日　星期日，晴

晨起去旧书市场，买《中国档案文献辞典》，12元（原价80元，印数1000）；《中苏关系史料》（1950年版），1元；《黄河英雄歌》（王亚平，1950年版），1元。

翻阅《中国档案文献辞典》，这是一本极有用的工具书。

给刘文欣写信，告近日回唐山。

3月19日　星期一，晴

上午，去非凡书店，买《清代目录提要》（来新夏），15元；《美国国会图书馆藏中国方志目录》，9元；《清华大学史料选编》第2卷（上），4元（前已买过一本，后面缺页）。又去华文书社，买旧书5本，23元。有《蒋梦麟教育论著选》、《梅贻琦教育论著选》、《冀中报刊史料集》、《西谛书话》上下册毛边本（已购二套）。

下午，收拾回唐山的东西，带《学人往事》14册。

翻阅《清代目录提要》等书。

3月21日　星期三，晴

上午，乘 K722 次去唐山，洁送站，下午 5 时多到唐山，金龙接站。

刘文欣打电话来。给杨立元、王志勇打电话。

积信很多，多为各种名目的辞书约稿之函，皆有条目，约有几十份，多已过时，不予理睬。得廖静文、曹彭龄、刘芳、黑龙江科学技术出版社范震威等人的信，皆是去年寄来的。

3月22日　星期四，晴

上午去张学梦家，后一同去机关。

下午，王志勇来，晚杨立元来，皆赠《学人往事》。

剪报纸材料。

3月24日　星期六，晴

上午去文化宫旧书市，买旧书 3 册，花 2.5 元，有《唐山交大学生运动》、《李大钊与故乡》、《北京史料长编》等。

下午剪报。丰绍棠来访，谈颇畅，赠他《燕园师友记》、《负笈燕园》、《学人往事》等书，他亦赠我书。

3月25日　星期日，晴

上午去旧书市，买《抗日战争文化史》、《中日关系八十年之证言》(二)、《群众周刊大事记》、《阿英散文选》、《张伯苓纪念文集》等，共 16 元。

董国和来，赠他《学人往事》一册，并毛边本《西谛书话》上下册、《晦庵书话》及《书话》等。

下午，刘文欣来，送来茶叶两罐、法国干红葡萄酒四瓶。赠他《学人往事》及照片。

3月26日　星期一，晴

上午去机关，送李凤桐、白涤非、刘淑文《学人往事》各一册。与张学梦去民进找芦品贤闲谈。

遇经纬和田歌夫妇。

下午，杨永贤来访，谈颇畅。送她《燕园师友记》、《负笈燕园》、《学人往事》，她送近年出版的书4本给我。

3月27日　星期三，晴

早晨，经纬来，赠他《负笈燕园》、《学人往事》。

上午，郑战国来，他已是《唐山晚报》的总编了。赠他《学人往事》。

下午，去文化路药店买药。去新华书店，剪报纸资料。

3月29日　星期四，晴

上午剪报纸资料。

中午，郑战国在金槟酒店宴请，有傅品正、刘维仲等共4人。因已没有新带的书了，只好赠刘维仲《燕园师友记》一册。

下午，杨立元来。

3月30日　星期五，晴

上午，白涤非来。

去张学梦家辞行。剪旧报。

3月31日　星期六，晴

上午，乘快速车回保定，带了一些稿纸和书，并带面条鱼6斤及花生酥糖等物。下午5时多到保定，秦燕等来接。

到家后见刘章、戴天恩、杨振信。

4月1日　星期日，晴

上午去旧书市场，买《谱牒学研究》第1辑，2元。

下午复范震威信。他是读了《负笈燕园》才给我写信的，索要《燕园师友记》一书。在复信中，托他打听老同学王振兴的情况和地址。范似也是一位做文史工作的学人，所知学界文坛事颇多。寄他《燕园师友记》一册。

4月3日　星期二，晴

上午去新华书店，见新出版的"岁月文丛"三种：《枝蔓丛丛的回忆》、《没有情节的故事》、《我们都经历过的日子》。买《没有情节的故事》一册（反映"反右派斗争"的），25元。又在楼上特价部买半价书《陈独秀传》上下册、《叶圣陶日记》、《茅盾日记》、《莫斯科日记》，共花去75.8元。

下午，复廖静文、曹彭龄信。翻阅《没有情节的故事》。

晚，给戴天恩打电话，介绍"岁月文丛"，他说可以买。因要去成都，拟买来送他。

4月4日　星期三，晴

上午去新华书店，购"岁月文丛"三本书，共75元。

下午，复刘章信，复杨振信，并寄《学人往事》。

填写北京大学古文献研究所发来的参加魏建功先生诞辰百年学术讨论会的回执，寄回古文献研究所。

接尤新信并《涿州报》，他拟在本周末来保定叙谈。

晚，给涿州尤新、洛阳逎堂、北京任彦芳打电话。

4月7日　星期六，晴

早饭后去旧书市场，买《红楼梦人物图》，4元；《文化史料》第2辑，1元；《平西儿女》，2元；《春明外史》下册，2元。

9时多，尤新来，谈颇畅，我赠他《燕园师友记》，他赠我《知堂夜话》一册。中午，在麦香园午餐，尤新抢先付款。下午3时，尤新辞去。

4月9日　星期一，阴雨

开始收拾去成都的衣物。

接黑龙江科技出版社范震威信，他已收到我的信，书尚未收到。他已同王振兴联系上，王仍在哈尔滨十四中，已退休。他又说，已在哈尔滨购到《学人往事》一书。看来，此书在全国各地均能买到，就不只是印了3000册了。

4月12日　星期四，晴

秦辉已购到去成都的硬卧车票，一下一上，下铺225元，上铺208元，14日零点36分从保定开车。

读《陈独秀的最后十年》。

晚，给戴天恩打电话，告去成都的车次。

4月13日　星期五，晴

上午，在马家老鸡铺买扒鸡二只，装两盒，44元，带到成都去。因这里不做真空压缩鸡，只好买新煮的扒鸡。

接丰绍棠信，他寄来许多复印材料，皆是我所喜欢并能用得着的资料。他在唐山电力技校工作，能看到一些报刊，他有积累资料的习惯，且涉猎较广。

因要出门，接丰绍棠信后立即复信发走。

夜11时半，王鲲开车送站。14日零点36分开车。

4月15日　星期日，晴

10时抵成都，戴天恩在车厢门口等候，把我们接到他供职的华西医科大学，安排在培训中心招待所，这里离他住的高知楼很近。

中午，戴兄全家在校内的书香阁酒楼为我和洁接风，满席皆川味，口味极佳，且多半不知菜名，但戴兄等在四川久住的人却并不满意。

晚上，戴兄又在家中设小宴。我将带来的几本书送他，有《西谛书话》上下册，《晦庵书话》，皆是80年代三联版的毛边本，另有新出版的"岁月文丛"3册。

天恩兄名列"天府十大藏书家"，他在华西医大图书馆工作，已退休。他个人藏书逾万册，诗集有5000种，近年专事搜求外国诗中文译本，所藏普希金著作中译本甚富，为全国之冠。

天恩兄已将我嘱托代购的陈独秀遗著《小学识字教本》买到，市上遍寻未得，他从巴蜀书社库中找到。1995年影印，印数仅1200册。我因著述所需，才托他买。

从老戴处借得《陈独秀研究动态》几册。

4月16日　星期一，晴

上午，戴兄陪游武侯祠，中午在祠旁一家饭店吃饭，仍是川味，但与昨天无一重复。

下午游杜甫草堂，留影数帧。杜甫居住的茅屋是后世仿原样建造的，虽然简陋，但却有房屋十数间，今日文人谁家有这样多的房子？

买《杜甫草堂史话》一册，记草堂沧桑甚详。

4月17日　星期二，晴

上午，与洁去天府广场闲逛，归来路遇一文史书店，店面虽窄，却有不少文史旧书，四川文史资料书刊尤多，草草浏览，购得一本《抗战中的西南地区教育事业》。

下午，戴兄领我们去成都购书中心。购《二三十年代清华校园文化》（23.6元）、《西南联大：战火的洗礼》（15.7元），老戴购《中国1957》。他抢着付款，我选的两本也由他付了。

特价部颇引人，在那里流连颇久。买了"思忆文丛"中的《荆棘路》、《六月雪》（《原上草》早已购得），还有《闲话周作人》、《白马湖作家群》、《老清华的故事》等，均为6折或7折。

洁在艺术部那边翻阅画册和美术书，颇有兴味，呼她归。

出了店，始觉有一本黄裳的《清代版刻一隅》未曾购买，只好改日再来。

4月18日　星期三，晴

上午，戴兄陪我们去四川大学图书馆，在期刊借阅处借了一本馆藏抗战时期文艺期刊目录，草草翻阅一过。此目录有印本出售。

川大校园很大，树木、竹丛颇多，林木荫荫，有一种莽苍苍之美。进了校内一个小书店，拙著《负笈燕园》和《学人往事》这里皆有售。

出了川大，又去望江楼公园。园内竹丛极多，且品类繁多，如入竹类展览园。在园中择一荫蔽处，三个人围桌坐下，喝茶、午餐、谈天，颇觉惬意。

饭后游览了园中的薛涛遗迹。过去读唐诗，未曾注意过薛涛，近年买了几本关于薛涛的书，才对这位才女有了兴趣。

4月19日　星期四，晴

上午，与洁去四川师大看望我在北大的同班学友徐仲元，我们毕业后40余年不曾见面，怕是相见不相识，便在电话中说明各穿什么衣服。下了公共汽车，他已在那里等候，老远就相互认了出来。除了苍老一些，彼此都无甚大变化。

在徐仲元家里叙谈别后情，我赠他我写的关于北大的两本书《燕园师友记》和《负笈燕园》，他赠我他参与编选、注释的《世界一流侦探小说精缩》一书，并在扉页上题诗曰：

> 闲来无事聊弄文，几度推敲细沉吟；
> 俯仰时俗君莫笑，清风明月知我心。

徐仲元夫妇领我们走出校园，到附近的一家"农家乐"小院漫步，但见花木扶疏，竹丛翠绿，一片荫凉，一派农家景象。

院内摆了桌椅，可供游人喝茶、吃饭、打麻将，这是专为城里人休闲所设，安静幽雅，此为新开发的一种城市自然与人文景观。归后在学校里的饭馆午餐。

1998年北大百年校庆时，徐仲元因事未曾回校，当时同学们曾商定：2003年入学50周年和2007年毕业50周年之时再回母校相聚。我们约定届时去参加，他希望我能为实现这一计划去进行一些斡旋。

来时，在车上见这里有"李劼人故居"的指示标，归去时，则无暇去瞻仰。

4月20日　星期五，晴

戴兄陪游都江堰和青城山。青城山的静谧幽邃和悦耳的鸟鸣令人难忘，难怪张大千被这幽幽青山所迷，幽居山中作画。只是乘索道上下山，不免有心悸之感。

晚7时归，在戴家吃速冻饺子，看他的藏书。

4月21日　星期六，阴

上午戴的妻子刘老师、女儿戴平请我们去青羊宫休闲，坐定后，我与戴去逛附近书摊。

出青羊宫不远，有新华书店特价部，多为半价书。我选购了四川人民出版社出版的"中华学府随笔"《走近北大》、《走近清华》、《走近复旦》、《走近南大》、《走近武大》、《走近中大》，第一辑6本便购全了。又买了"老大学故事丛书"中的《老交大的故事》、《老武大的故事》、《老中大的故事》。9本书花了60多元。

出了特价部，又去旧书摊，买了《三十年代左翼文艺资料选编》、《金岳霖的回忆与回忆金岳霖》、《后期的陈独秀及其文章》、《永远的清华园》等。

　　有几家书摊卖5元一本的新书，在书堆中，我发现了我在1999年出版的《负笈燕园》一书，定价是26.8元，这里竟卖5元。我想，这种书是不会有盗版的，他们是通过何种渠道进书呢？此中奥秘我真弄不清。

　　在青羊宫消磨了大半日，中午吃了一桌道家素餐，菜肴颇丰，味道亦可，只花50多元。

4月22日　星期日，阴雨

　　上午去西南书城。

　　中午在饭店宴请戴兄一家。

　　下午，戴陪游华西校园，学校已并入四川大学，改称"四川大学华西医学中心"。

　　这里过去称华西坝，建筑颇有些洋味儿。我在联合办学纪念碑前伫立留影，拍照了碑文。

　　抗战期间，南京的中央大学医学院、金陵大学、金陵女子文理学院、济南的齐鲁大学，苏州的东吴大学生物系、北平的燕京大学，协和医学院等校迁来，华西坝成了名师荟萃、人才济济的圣地，这里，留下了陈寅恪、吴宓、顾颉刚、许寿裳、钱穆、张东荪、萧公权、蒙文通、薛愚、周太玄、吕叔湘、孙伏园等诸多名家的足迹。

4月23日　星期一，晴

　　上午，与戴兄去九眼桥。九眼桥是全国著名的旧书市场，我向往已久，现今却大有萎缩之势。那颇负盛名的淘书斋也已搬迁，偌大的二层楼拥挤不堪。我只淘到了《阳翰笙日记选》、《五四时期期刊介绍》等几本书。

　　明日将离开成都去西安，在成都所购之书要有十几公斤重，只好留给戴兄邮寄了。

4月24日 星期二，阴雨

上午，戴兄陪同，冒雨游合江亭。

下午5时，戴兄送我们去车站赴西安。成都有异地售票业务，购得西安至洛阳车票2张。

戴兄送至车厢，依依惜别。

4月25日 星期三，晴

中午12时15分到西安，住在铁路公安处招待所，条件较差。在招待所买旅游车票2张（西线东线）共160元。

下午，与洁出去吃牛肉泡馍，味道一般，也许是一般小馆之故。

给戴天恩打电话。

4月26日 星期四，晴

去西线游，到了茂陵、武曌园、西北民俗村等处，门票皆较贵，有些又无甚意思，后两个景点未游，在车上休息，共花门票费138元。晚8时归。

4月27日 星期五，晴

去东线游，因兵马俑、华清池等处门票昂贵，未去游，只游了秦始皇园等处，门票费58元。虽则如此，我仍然从这些古老建筑的景观、黄土高原的旷野以及西北风味小吃等强烈感受到了三秦文化的丰厚底蕴。

下午6时归。

4月28日 星期六，小雨

今天天阴欲雨，与洁在西安市内游。先去大雁塔、大慈恩寺游览，均只看外景。中午去鼓楼，在当地有名的贾三灌汤包子铺吃灌汤包子。又在老孙家老店买牛羊肉泡馍6袋，花21元，准备带回家去。

路过一家旧书铺，买《中国社团政党词典》，10元。

晚，给遒堂打电话，告他明日去洛阳的车次。

4月29日　星期日，晴

上午9时30分乘西安至广州的K84次去洛阳，一路看尽黄土高原和丘陵的荒凉景色，15:30到洛阳。遒堂和他的儿子在站台迎接。住在他家中。

给遒堂带了一只保定产的真空扒鸡，在西安买了一罐四川泡菜和其他特产带来，并赠《燕园师友记》、《负笈燕园》、《学人往事》等书。

4月30日　星期一，晴

上午，遒堂陪我们游白马寺。中午归来，在他们研究院的食堂里吃自助火锅。

5月1日　星期二，晴

遒堂陪游龙门石窟，这里已被列入世界文化遗产，很值得一看，路面和周围环境已修整一新，既开阔又方便。这里的门票每张45元，皆由遒堂付款。

中午归。下午在家中休息，与遒堂谈些家乡事。我们与他还是在几年前六婶逝世时在家乡见面，已几年不见了。他也已到退休年龄，又被研究院返聘。作为科研骨干，他曾去俄罗斯，同他们联合搞科研项目。

5月2日　星期三，晴

上午，遒堂领我们去游城内的王城公园，这里的牡丹已经凋谢，没有什么好看的了，倒是那些形态各异、多姿多彩的根雕，却值得一看。秦燕打电话来，告她明日回保定。

中午，同遒堂全家人去吃当地有名的"水席"。这是一种传统风味的大众化宴席，很有些特色，但价较廉。

5月3日　星期四，晴

晨起。迺堂带我们和他一家人去吃早茶，这便有点洋味儿了，是当地人的一种高消费。归来时，我们在大街上步行，看洛阳的市容，很是整齐清洁。

下午5时，乘2102次车回保定，迺堂等送站。因是五一节长假期间，车上人颇拥挤，所幸我们有座号，但因无法走动，不能去厕所，也不能去倒水喝，只带了一瓶矿泉水。车上学生很多，都是旅游归来的。坐车10个小时，极不舒适。

5月4日　星期五，晴

凌晨3时22分到保定，很困难地下了车，打车回家。

睡2小时，与洁出去吃早点。

秦辉来，午饭后去。

给迺堂打电话。江枫打电话来。

得杨永贤信两封。范震威寄来他的著作《唐代应试诗注释》，赵曙光寄来他的诗集《犁》。

下午，去青年路邮局，取《文论报》寄来的稿酬100元。

去非凡书店，买《北大风》，5元;《醒狮》，5元;《渭水集》（魏荒弩），2元。

5月5日　星期六，晴

晨起，给戴天恩打电话，他说，我在成都所购之书，他已打了两个包于4月25日寄出，但迄今未收到。

早饭后去旧书市场，买《北平地下党斗争史料》，4元;《文献》1996年第2期，2元。后去建国路旧居开信箱，得《民国春秋》第2期样刊2册，发了我的《蔡元培诚聘陈独秀》一文，并稿酬汇款单，《作家通讯》等。遂去农大邮局取汇款152元。

去彦芳处，他的文集第二卷（戏剧曲艺卷）已出，签名送我一本。见他的中学同学葛致巍。

下午，洁与秦辉去买空调，购来奥克斯空调机一台，2200 元。

彦芳来谈。他明日回京。

5 月 7 日　星期一，晴

上午，誊抄《陈独秀绝笔书稿今何在》一文。

在成都时，王振兴曾打电话到保定家中，秦辉接到后记下他的电话号码。我还是 1968 年出差去哈尔滨时与他相见，至今已 30 余年不通音信。今日打电话给他，他说他正在患病，从医院出来，在家中静养，吃不下东西。他又问："我班同学都是谁死了？"我告诉了他。他消息闭塞，这些年来死去的同学他皆不知。

5 月 8 日　星期二，晴

给徐仲元写信，寄合影照片 4 张。复杨永贤信。给迺堂写信，寄照片 9 张。

下午，抄完《陈独秀绝笔书稿今何在》一文，7600 字。

5 月 9 日　星期三，晴

复范震威信。

下午，河北大学中文系硕士研究生宋娜打电话来，她要研究我的评论文章，定在星期五下午 3 时来谈，希望我写一小传。依她意，写了一篇 600 字的小传。

5 月 10 日　星期四，晴

上午去青年路邮局，将《陈独秀绝笔书稿今何在》一文挂号寄《中华读书报》"文史天地"版。

去非凡书店，买《今日北大》，5 元；《蒋南翔文集》上册，5 元；萧红《孤独的生活》，2 元。又去华文书社，买旧书二本：《汉字研究的轨迹》、《吴晗自传书信文集》，共 7 元。

戴天恩寄来的二包书已到。

寄赠王振兴《燕园师友记》、《负笈燕园》。

晚，奚学瑶自秦皇岛打电话索要《学人往事》。

5月11日　星期五，晴

下午3时，河北大学研究生宋娜来访，谈一小时半。她从河北大学中文系毕业后，在保定电视台任记者二年，又考入河北大学文艺理论硕士研究生。赠她《紫骝斋文学论评》、《燕园师友记》、《负笈燕园》及几篇评论文章的复印件。她说，学校图书馆有《学人往事》。

5月12日　星期六，晴

早饭后去旧书市场，买书4本：《鲁迅致许广平书简》（河北人民出版社出版，精装，原已买了一本平装）、《海安文化名人传略》，2元；《秦中旧事》，1元；《普式庚诗选》，余振译，1949年光华出版社出版。戴天恩所藏普希金中译本目录中无此书，正好送他。

中午，秦燕一家来吃饺子。

下午，给王振兴写信，给奚学瑶挂号寄《学人往事》，邮资4.6元。

晚10时，徐仲元自成都打电话来。

5月19日　星期六，晴

上午去旧书市场，买香港版《知堂书信集》，2元；《史记志疑》（一），3元；《圆明园资料集》，3元。

下午，写《魏建功先生的魅力》一文。

晚，济南《日记报》总编于晓明打电话来，他要给寄报纸，问地址。

5 月 21 日　星期一，晴

写《魏建功先生的魅力》，已得 5000 字。

接张玲信，她前几个月去了英、法、比、荷兰、瑞士等国，刚归来不久。曾在《中华读书报》读到她访英的文章。

5 月 24 日　星期四，阴

上午，给张玲寄《学人往事》一本，给戴天恩寄《普式庚诗选》、《北大风》二书，5.2 元。

去新北街书香斋，买了几本 5 元书：《郑板桥文集》、《我的心是一面镜子》（季羡林）、《人格的魅力——名人忆季羡林》、《人间四月情》、《春明外史》上下册，共 30 元。

5 月 26 日　星期六，晴

早饭后去旧书市场，无所获。去建国路旧居开信箱，得北大古文献研究所函，魏建功先生纪念会定于 8 月 10 日至 11 日召开，并发来参加者名单及论文选题，我的《魏建功先生的魅力》也在其中。

给中国作协创联部、刘小放、刘向东、刘经富、胡靖、王大鹏、计伟、田晓宇、杨忠、王玉青、刘文欣、王志勇、董国和等发打印的迁居新址通知。

5 月 30 日　星期三，晴

上午，写完《魏建功先生的魅力》，7600 字。

接济南《日记报》总编于晓明寄来的约稿邀请函、"我与日记"问卷和近期《日记报》3 期，邀请我担任该报指导顾问。

复于晓明信，写了简历，并寄近照。

晚，给寇广生打电话，他约明日相见，他来找我。

读《鲁迅与周作人》。

5月31日　星期四，晴

下午，寇广生来，谈颇畅。赠他《负笈燕园》和《学人往事》，他赠我《一个师爷的案牍生涯》。

给赵义和打电话，他去韩国未归。

给张玲、魏至、杨永贤、奚学瑶写信。

6月2日　星期六，晴

早6时吃了饭，骑车去旧书市场。在小戴的摊上买《书衣文录》（孙犁）、《胡适散文》（一）、《圆明园》、《而今百龄正童年——记曹靖华》（彭龄）等5本书，9元；买《河北古今书目》，6元；《文化大革命期间出土文物》，1元；《戴望舒诗全编》，5元。

给北大古文献研究中心、蒋颖馨、丰绍棠、尤新等寄迁居通知。

晚读《书衣文录》，很有兴味。

6月3日　星期日，晴

晨起去旧书市场，买刘廷芳《近代史秘》（中英文对照），3元；《弢园文录外编》，4元；《静静的顿河》（三），3元。

下午读《近代史秘》一过，所得甚多。

读《新文学史料》。

晚，看电视剧《日出东方》第一集，此为纪念建党80周年的重点剧目，宣传得很火。看了一集后，觉得并不理想。人物脸谱化，长相也不像。一些细节不符合历史真实，比如，五四运动时，北大学生开会，有女生在座，衣服似又是二三十年代女学生的服装。但事实是：北大是中国的大学中第一个招收女生的学校，是第一所男女同校的大学，那是在1920年，才有几名女生在北大旁听，是由主张男女平等的蔡元培校长亲自批准入学的。

1919 年五四运动时，北大尚无女生。

6 月 7 日　星期四，晴

给廖静文、江枫、张元勋、石四维、杨振寄迁居通知。

接张玲信。接魏至信，答复我提出的几个关于魏建功师的问题。接于晓明明信片。

下午去开明书店，买旧书 3 本（10 元 3 本）：《邓肯女士自传》上册（民国版）、《青蓝园》（有复本）、《父亲的希望》。

任彦芳来谈。

6 月 8 日　星期五，晴

整理在成都十天的日记，写成《成都十日》，以应《日记报》之约，3000 字。

戴天恩寄来黄裳的《清代版刻一隅》一书，并照片 19 张。

接丰绍棠信并复印资料一袋。他刚去了深圳、广州、珠海一带，他说，深圳书城亦有《负笈燕园》。他写了一篇记叙我的读书写作生活的文章《语带烟霞叙旧时》，给了《唐山劳动日报》，发表时删得太厉害，把他想说的意思都给删削了，因而他不想寄给我看了。

6 月 9 日　星期六，晴

晨起去旧书市场，在小戴处买《丁文江传》、《难忘的梦幻曲》、《献县翰苑知见录》，共 7 元；买《莲池书院》，1 元；《邓演达文集》，1 元；《世界童话名著》（连环画），1 元。

抄改完《成都十日》。

今日所购之《献县翰苑知见录》（朱惠民著）的"人物篇"中有关于纪钜维的记载，我正是为了这一点文字而购此书。这样，我所藏《清人名人手札》又多了一点资料。

接杨永贤信，她已学会了电脑，这封信是用电脑打的。

下午，给于晓明写信，寄《成都十日》稿，寄《燕园师友记》、《负笈燕园》二书。遵其嘱，写一纸题辞："日记是个人生活和生命史的忠实记录，写日记者多是热爱生活、珍视生命的人。"一并寄去。

给杨立元、刘兰松、蔡根林发迁居通知。

读《书衣文录》。

6月11日　星期一，晴

上午去青年路邮局寄走给于晓明的信和书，邮费共8.6元。后去书香斋，正值进一批新书，见一套辽宁古籍出版社出版的"红楼梦本事大揭秘"，共6种8册，原价145元，现售每本5元，共40元，遂购下。计有《红楼梦释真》、《红楼梦本事之争》、《红楼梦真谛》、《红楼梦与金瓶梅之关系》、《红楼梦与个人家事及宫闱秘事》、《红楼梦与顺治皇帝的爱情故事》上、中、下册，皆为清末民初的索隐派著作。另买《叶德辉书话》，5元；《周越然书话》，5元；《出入史门》（傅斯年），5元。

王志勇转寄来《书与人》杂志第2期，有我的《忆浦江清师》一文，是我托他从我唐山家中取来的。

6月13日　星期三，晴

牙疼，精神欠佳。上午，抄写关于魏建功先生的资料卡片。读《周越然书话》、《闲话周作人》。

下午，寇广生来，带来我向他借的《周作人日记》中下册，上册已在展出时丢失。

葛致巍来访，赠他写的一本《绿风集》，我赠他《负笈燕园》。

翻阅《周作人日记》，颇感兴味。

晚看电视剧《日出东方》，对陈独秀这个人物的评价尚属公允。

6月14日　星期四，小阵雨

全天阅读《周作人日记》，随手摘抄，所得甚多，有关魏建功、杨晦、川岛、钱玄同等人的记载极多。由于此书为周作人手写本的影印，看得很慢。

刘兰松来信说，他们夫妇将去丹麦看望女儿。

今天到的《中华读书报》"家园"版有谢冕的《朗润园静静的一隅——记陈贻焮》一文，方知陈贻焮先生已逝，不由想起40多年前他的音容笑貌。

晚读《书衣文录》，读了一天周作人日记，虽极感兴味，但也要换换口味。

周作人日记同鲁迅日记相似，记事极简，但内容含量极大，颇耐读。

6月17日　星期日，晴

阅读并摘抄《周作人日记》，所得很多。发现周作人曾有两次保定之行，即1930年和1934年，将来可以此写成一篇文章。

6月19日　星期二，晴

上午，看《周作人日记》。给哈尔滨王振兴打电话，我的信和书他早已收到，书正在看，但无力写信，他已做手术几次。

下午读周作人日记，1919年部分与鲁迅日记对照着读，很有意思，他们此时皆住在绍兴会馆。

任彦芳打电话来，他已来保定，正在印刷厂坐镇，等着印他的《党魂：焦裕禄之歌》，待样书做出后，他即去河南跑征订，也许这次不能见面了。他的生活节奏如此之快，也令人担心。

彦芳来，留晚饭。

6月26日　星期二，晴

上午，骑车去书香斋、华文书社、河大出版社书店、非凡书店、开明书店等5家，均无所获。看来，新旧书业皆有萎缩之势。

下午，给戴天恩、丰绍棠、杨永贤写信。

6月27日　星期三，晴转雷雨

晨起与洁出外散步，在小北门与时锦先不期而遇，我们已20多年未曾见面，他已在市体校退休。他夫妇来家中小坐，赠他《负笈燕园》和《学人往事》。

上午，写《魏建功》。

下午4时，时锦先打电话来，邀我们去他家，他住的离我们这里颇近，只有几百米之遥。与洁去他家，留晚餐，8时40分归。

晚看电视剧《长征》。

夜有雷雨，雨似为今夏最大者。

7月1日　星期日，晴

晨起去旧书市场，买《丁玲纪念集》，4.5元；《风雨年华》（黄秋耘），1元；《中草药临床手册》2元。

下午去百草园书店，未买书。江西修水刘经富寄来他新出版的《陈三立一家与庐山》一书，作家出版社出版，只印了1000册。

7月2日　星期一，晴

上午去非凡书店，买《胡适书信集》上册，10元，这里没有中、下册，只好慢慢等待。与书店老板耿艳龙谈。

修改《魏建功先生的魅力》一文。

303室的小贾、小马小两口均为省印（河北新华印刷一厂）职工，今晚送来几本他们印刷的冀版书，有《唐诗鼓吹评注》、《七家后汉书》、《中国武强年画》、《中国帝王后妃大辞典》、《宋代宗族和宗族制度研究》等8本。

7月3日　星期二，阴雨

抄改《魏建功先生的魅力》。

张玲寄来她新近出版的两本译著：少年版的《德伯家的苔丝》、《大卫·科波菲尔》，人民文学出版社6月出版，皆为缩写本。

7月7日　星期六，晴

晨起去旧书市场，在小戴摊上买《济南五三惨案亲历记》、《从九一八到七七国民党的投降政策与人民的抗战运动》、普希金《别尔金小说集》，共4元；买《张太雷年谱》，2元；《沈阳文史资料》第12辑"张作霖史料专辑"，1元。

7月10日　星期二，晴

上午，去裕华路图书超市，买《百年文坛忆录》，6元；《陈独秀与中国名人》，6元；俞平伯《忆》，3元。又去裕华东路的太行书社和经大书社，经大书社书颇多，店主是高慧，早就与他相识，在这里见北大出版社的《胡适书信集》上中下册，全新。原价148元，我以45元购得。另有《牛棚日记》，3元；茅盾《我走过的道路》下册，8元；《中国教育史上的一次创举》（西南联大旅行团纪实），8元。回家已11时半。

张响涛打电话说，唐山文联的田歌和夫人从美国旧金山女儿处归来，在他家，邀我们去午餐，遂与洁去张响涛家，下午3时半归。

邀田歌夫妇和张响涛夫妇明日来我家，但田歌已无闲暇，遂罢。

7月11日　星期三，晴

上午，戴天恩打电话告，他的《百年书影》书稿已初步定在广西师大出版社出版，《别尔金小说集》他尚无有，遂将此书挂号寄去。

去书香斋，见新到几种张中行作品集，三十几元的书均售5元，遂购《散简集存》、《张中行作品集》(5)("负暄"三话)、《流年碎影》(已有一本，拟送王志勇)，共15元。

下午，给魏至、尤新、王志勇写信。

7月13日　星期五，晴

天极热。

翻阅《胡适书信集》，摘抄一些材料写成卡片。

读《百年文坛忆录》，许多文章非常之好。

给北大段伟中写信。

今晚，北京申奥成功，保定彻夜有鞭炮声。

7月14日　星期六，晴

晨起去旧书市场，买《中国古代格言大全续集》(无封面)，3元。在外面吃牛肉拉面，后去建国路旧居开信箱，见北大古文献研究中心通知二封(一为补充通知)，定了开会时间和地点。

又去永华中路一家特价书店，好书亦不少，皆打折出售，亦有《负笈燕园》，4折出售。售书者为一男青年，颇懂书，他名李雁宾，四川人，来此打工，他亦读过《负笈燕园》。谈了一会儿，互送名片。后又去太行、经大、非凡三家旧书店。

303室小贾、小马又送来5本书：《徐志摩散文全集》一、二卷，《当代文学评论术语辞典》，《生成哲学》，《涉江诗词集》等。

7月16日　星期一，晴

魏至寄来1923年爱罗先珂《观北京大学学生演剧和燕京女校演剧的记》及有关材料的复印件，这是我向他索取的。在写《魏建功先生的魅力》一文时，我将魏先生当年与鲁迅的那次笔战写进去，并且准备说一点公道话，以更正80年前的一场旧案。因遍寻爱罗先珂的剧评而不得，这才想起向魏至索取。魏至从当年魏建功先生保存的剪报中找到了这些材料。

看了魏至寄来的材料，修改《魏建功先生的魅力》一文。

石家庄热电厂姚建新打电话来，我们已多年不联系了，他从唐山文联问得我的电话。

7 月 17 日　星期二，晴

修改完《魏建功先生的魅力》一文，8500 字。

上午，给魏至打电话。他对鲁迅那篇批评魏建功的文章也很有意见，他很同意我的观点，他说，鲁迅博物馆的陈漱渝也准备谈谈这件事。

给戴天恩打电话，他已收到我寄的《别尔金小说集》，已扫描。他将去桂林。

下午，姚建新打电话来。

将《魏建功先生的魅力》去打印。

给张玲、丰绍棠、刘经富写信。

7 月 19 日　星期四，晴

昨日《中华读书报》"文史天地"版发了我的《陈独秀绝笔书稿今何在》一文。

下午，打出《魏建功先生的魅力》，印 4 份。

7 月 20 日　星期五，晴

上午，将《魏建功先生的魅力》打印稿一份挂号寄北大古文献研究中心，又寄一份给魏至，并给他寄《陈独秀绝笔书稿今何在》复印件。

去书香斋、开明书店、阳春书苑，无所获。

7 月 22 日　星期日，晴

晨起去旧书市场，买唐德刚《胡适杂忆》，2 元；《名人家训》，1元；《献身中华》，1元。

《中华读书报》寄来样报2份。

下午读《胡适杂忆》。

7月25日　星期三，晴

写完《1923年晨报副刊上的一次笔战》，近6000字。

下午，给魏至打电话，他说，《陈独秀绝笔书稿今何在》一文引起了人们的注意，北大有人打电话谈这件事。

7月26日　星期四，晴

抄改《1923年晨报副刊上的一次笔战》，5700字，拟寄《中华读书报》。

晚上读昨日《中华读书报》，"家园"版上有袁良骏《王瑶先生的妙语隽言》一文，文中提及：一二九运动时的"华北之大，已安放不下一张平静的书桌"一句，据说为王瑶先生所作。读至此处，颇不以为然，据我所知，此句名言出自"清华大学救国会告全国民众书"，此文为蒋南翔所写，在《蒋南翔文集》中就有此文。当时，蒋南翔是清华大学党支部书记。

看后，欲作文予以辨正。

7月27日　星期五，雨转晴

晨起有雨，起身后便写作小文《这句名言版权归谁》，得3页稿纸。与洁撑雨伞出去散步，在袁家小吃店吃驴肉火烧。

上午，写完《这句名言版权归谁》，又誊抄一遍，1700字。

下午天晴，去邮局，将《1923年晨报副刊上的一次笔战》挂号寄《中华读书报》"文史天地"。

去书香斋，买《张中行作品集》第6卷，内有《横议集》、《月旦集》、《说书集》，原价35元，售5元。又去非凡书店，买《朱星先生纪念集》，1元；《山东文化艺术志资料汇编》第5辑，

2元。

明日拟将《这句名言版权归谁》一文寄《中华读书报》"家园"版。

7月28日　星期六，晴

昨晚彦芳自兰考来保定。

晨起去旧书市场，买《近代史资料》一册，1.5元；《西安事变档案史料选编》，2元；《批判文汇报的参考资料》，1元。

在小馆吃牛肉拉面一碗。去理发。又去图书超市，买《百年教育回眸》6元。去经大书社，买《思想者的产业——张伯苓与南开新私学传统》，6元。又去华文书社。

彦芳在家中等。中午在家中吃水饺。

8月8日　星期三，晴

上午，去食品大厦，买德州扒鸡一只，保定驴肉2袋，均为真空袋装，酱花生米一瓶，准备明日去京给卓杰表哥带去。

下午，抄完《周作人的两次保定之行》，5900字。

收拾出门之物。

给魏至打电话，谈去北大开会事。魏至说，《魏建功印谱》已由中国书店出版，原定会上购200部赠与会者，但书店突然提价至每部95元，因费用太高，恐买不起了。印谱的稿酬为每方1~100元，他们准备只付每方10元稿酬。魏至连呼上当。

8月9日　星期四，晴

昨日《中华读书报》"家园"版发了我的《这句名言版权归谁》一文。

下午2时，乘火车去京。住卓杰表哥家，他得过脑血栓，精神已大不如前，但尚能出门走动。送启武《蟋蟀谱》一册。

给任彦芳打电话。

8月10日　星期五，晴

晨起，乘车去海淀，吃过早点，进北大南门，找到对外交流中心，尚未到8时半。在大会签到时，遇魏至。领了一大书袋材料，有《魏建功文集》5卷、《天行山鬼印蜕——魏建功印谱》一册、大字本《新华字典》一册及一本复印的研讨会论文集，集中收入《魏建功先生的魅力》一文。

会议由安平秋主持，讲话者有北大中文系主任温儒敏、北大副校长、教育部代表、鲁迅博物馆副馆长陈漱渝、台湾大学教授潘美月、台湾国语日报社某先生、北京图书馆馆长任继愈、江苏教育出版社总编等。会后照相，在勺园午餐。魏建功先生的子女及家人均来了。

下午为分组发言，我分在第2组，看名单，一个人也不认识。患了感冒，很厉害，流鼻涕不止，便不欲参加分组会了，好在已有我的发言稿在论文集中，乘车回表哥家中。

下午去琉璃厂，逛了两家中国书店，有几本书想买，如《周作人年谱》、《俞平伯年谱》等，但又因发了许多书，不好带，只好不买。

8月11日　星期六，晴

感冒仍在发展，上午的大会发言没有去听，正好去逛报国寺旧书市。

晨起，步行去报国寺。买了三本小书：《白屋诗选》，2元；《中国人民政治协商会议第三届全国委员会委员名单》，1元；《全国美术院校报考指南》（1988年版），1元。

在一家旧书铺门前摆的小摊上，见到一大厚本清河劳改农场的《第三批右派分子处理情况一览表》。不想这样的档案材料竟在冷摊上出现。翻了翻，多是大学里及知识界"右派分子"的处理情况，一些栏目皆有签名盖章，随便翻翻，就看到了北大的龙英华、张景中及文艺家梅朵等人的材料。是否北大的一些人全在其中，这可是一份相当有价值的材料。无奈阳光直射，天又极热，加之鼻涕横流，不能细翻看。问了问价钱，摊主开价200元，便不敢问津了。归来后，一直很追悔，想明日再去。

感冒很厉害，决定下午回家，给洁打了电话。

午饭后，启武送我去西客站，卓杰表哥买点心二盒，让我带回，其中有连堂兄一盒。

下午4时到保定，感冒发烧。

在家中，一直追悔没有买下那份有历史价值的档案材料，这件事将成为我的终生之悔。

8月12日　星期日，晴

接《日记报》第14期20份，并于晓明信。本期发了我的《成都十日》日记，并配发了照片、简介和手迹。

戴天恩寄来《水木清华——二三十年代清华校园文化》一书，内有数百幅照片，49.8元。他是从广西师大出版社买来赠我的。

8月14日　星期二，晴

上午，姚建新自石家庄打电话来，他与姚抒芬今日上午来保定看望我。

中午1时，他们才到，与洁在三义庄饭店请他们午餐，各送他们《负笈燕园》、《学人往事》二册。十余年与他们未曾相见，相谈甚欢。4时多，二人辞去。姚建新去北京，姚抒芬去青年路找一老干部对书稿。

8月16日　星期四，晴

将《周作人的两次保定之行》寄石家庄《文史精华》。

写《我所珍视的文人日记》。

上午，姚抒芬自石市打电话来，她对我的两本书很是喜欢，正在读。

晚，姚建新打电话说，他在火车上读《学人往事》，很有兴味，放不下。

8月17日　星期五，晴

写完《我所珍视的文人日记》，近6000字。

接《旧书信息报》样报，第32期发了我的《"特价书店"引起的困惑》一文。

8月23日　星期四，晴

写《燕南园学魂：魏建功生前身后事》，已写完《引言》，又写上编《魏建功生前事》第一章"求学——西场少年"，下午已成1万字。

涿州市档案局长刘桂郁寄来所著《兰台余韵》毛边本一本，并信，他从尤新处知我情况，愿交往。

8月25日　星期六，晴

晨起去旧书市场，在小戴处买《论语集释》一、三、四册，《说文解字读》、寿石工印谱《蜋芜斋印稿》等5本书，14元。买《明诗别裁集》，3元。七时半归。

明杰来，给我买森宝皮鞋一双。

下午，写《魏建功》。

任彦芳今晚回京，明日全家飞成都，送女儿任寰结婚。

8月26日　星期日，晴

晨起去旧书市场，买《陶渊明集》，1.5元；《中国科学院访苏代表团资料汇编》（内部资料，1953），2元；《奉系军阀密电》第2册，2.5元。

上午，与洁去秦燕家，她今日过生日，送她孙竹篱的《鸭荷图》（已裱好）。秦辉母女亦去。

午饭后归，下午写《魏建功》。

9 月 1 日　星期六，晴

晨起去旧书市场，从小戴处买《陈望道文集》（一）、《汉书窥管》下册、《大樊笼・小樊笼——中国传统生活方式》，共 7 元。买许寿裳《亡友鲁迅印象记》（1953—版一印），2 元（此书已购二本，今见到，仍购下）；《歌德诗集》下册，3 元；《老舍写作生涯》，3 元；《明宫史・金鳌退食笔记》，1.5 元；《北京邮史》，3 元。

写《魏建功》。

9 月 5 日　星期三，晴

上午，洁去徐水一中看望燕洁夫妇，送她上汽车后去经大书店，买《中国当代社会科学家》，6 元；《在曲折中行进——文汇报回忆录》，8 元；《曾纪泽日记》中册，6 元。

下午，任彦芳自成都打电话来，问戴天恩电话及地址。任寰患急病住院，欲找戴帮忙。

《中华读书报》汇来《陈独秀绝笔书稿今何在》一文的稿酬 300 元。

写《蔡元培的保定之行》。5 时余，洁自徐水归。

9 月 7 日　星期五，阴

写完《蔡元培的保定之行》，3000 字。

写《魏建功》。

下午，去青年路邮局取款。去书香斋，买《巴金书简——致王仰晨》，5 元。

王振刚自唐山打电话告，孙竹篱先生的《春江昨夜雨》入选北京美术馆举办的百年回顾展，此次画展入选极严，四川省只选了 4 幅，已故画家只有竹篱一人。

接戴天恩信。

9月11日　星期二，晴

将《蔡元培的保定之行》寄《团结报》"文史长廊"版。

继续写《魏建功》，已得45000字。

下午，河大宋娜来。她已写好了《在社会历史批评烛照下的批评——评马嘶的〈紫骝斋文学论评〉》一文，将打印稿拿来给我看。

晚读《巴金书简——致王仰晨》。

读宋娜的文章，写得不错，她很能写文章。

9月14日　星期五，晴

上午，去书香斋，买《直言：李锐六十年的忧与思》，5元。又去非凡书店，买《不尽书情——忆清华大学图书馆》，7元。去经大，太行书社，未买书。

下午，宋娜来，取走了她的文章（我已复印了一份留存），谈颇久。赠她《学人往事》一册。

写《魏建功》。

9月18日　星期二，晴

早就听说百花路有一家特价书店，上午，骑车去百花路，找到这家书店，亦皆是5元书，这里的书比书香斋更多，且多高雅类书。买大众文艺出版社"中国文化名人书系"中的《谈治学》上下册，《谈读书》上下册、《谈恩师》上下册，6本30元。

迅刚曾对我说，这家书店卖过《负笈燕园》，我向店主问及此事，他们说，卖过不少，这是一本好书，现在已没有了，亦是卖5元钱。店主姓柳。

写《魏建功》。

9 月 22 日　星期六，晴

晨起去旧书市场，买《普希全文集》（时代出版社 1955），3
元；《中国大学革命历史资料》，3 元。

秦燕买一台格兰仕微波炉送来，花 580 多元。

晚，明杰夫妇来。

今日《团结报》发了我的《蔡元培的保定之行》。

10 月 4 日　星期四，晴

彦芳昨日来保，今晨打电话来。孩子们来聚会。

下午，去彦芳处。北大中文系 1955 级同学合写的《开花或
不开花的年代》一书已由北大出版社出版，从彦芳那里借来读。
早就想写论述 1955 级的文章，翻阅此书，又引起写作的冲动。

10 月 5 日　星期五，晴

上午，开始写《北大中文系 55 级现象》一文。

在书香斋买《陈平原书话》、《陈子善书话》，共 10 元。

于晓明寄来《日记报》第 17、18 期各 3 份，夹缝中有我的
小文摘录。并附信一纸告，已遵嘱给戴天恩寄《日记报》。他又
提及《学人往事》。

读《陈平原书话》。

10 月 6 日　星期六，阴

晨起去旧书市场，在小戴处买《北京的黎明》、《周佛海狱中
日记》、《突破封锁访延安》、《古代的选士任官制度与社会》，共
10 元。买《战斗在北大的共产党人》（1920—1949.2 北大地下党
概况），4 元；《党史资料》1955 年第 2、3 期二册，3 元；《丽白
楼遗集》上卷，3 元；《北平和平解放前后》，4 元。

给戴天恩、田晓宇写信。

10 月 23 日　星期二，晴

写《北大中文系 55 级现象》。

上午，给哈尔滨王振兴打电话，是他女儿王玉接的。她说，王振兴已于 7 月 18 日逝世，他患的是肝癌，家里人早已知晓，只是瞒着他一个人。我是 6 月 19 日与他通话，不想一个月后他竟然离去，不禁为之凄然。

上午，看中央电视台的电视剧《江隆基》，颇感兴味。

10 月 27 日　星期六，小雨

晨起去旧书市场，买《老复旦的故事》，2 元；《绍兴文史资料选辑》第 3 辑，2 元；《蠹鱼篇》，1.5 元。

上午，谢美生来谈，赠他《负笈燕园》、《学人往事》。任彦芳亦来谈。

中午，去俩兄弟快餐部午饭。

10 月 28 日　星期日，晴

晨起去旧书市场，买《中国历史藏书论著读本》，5 元。

秦燕自广州归，买来运动衣一套。

翻阅《蠹鱼集》、《中国历史藏书论著读本》。

彦芳晨起回京。

10 月 29 日　星期一，晴

上午，写《北大中文系 55 级现象》。

下午，去鱼跃书店，买《复堂日记》、《文坛三忆》（曹聚仁）、《记巴金及其他》，八折，共 34.5 元。在军人服务社买电剃刀一个，60 元。

11 月 2 日　星期五，晴

上午，写《北大中文系 55 级现象》，已得 16000 字。

下午去经大特价书店，买《春明梦余录》上下册，27.8 元；

《钱穆印象》, 5 元。又去小戴处, 买《解放战争时期统一战线大事记》、《说稗集》(吴组缃), 共 6 元。

晚读《复堂日记》, 多有所得, 书中亦有关于纪钜维的记载。

11 月 3 日　星期六, 晴

晨起去旧书市场, 买《栋亭集》下册, 2 元;《温济泽自述》, 4 元; 刘冰《风雨岁月——清华大学文化大革命纪实》, 3 元。

写《北大中文系 55 级现象》, 下午写完, 18000 字。

读《复堂日记》。

11 月 4 日　星期日, 雨

小雨下了一夜半天, 下午始停。

上午, 抄改《北大中文系 55 级现象》。

接尤新信并《涿州报》"日记版"。

中华读书报寄来稿酬 150 元 (《这句名言版权归谁》)。

复田晓宇信。

晚读《复堂日记》。

11 月 6 日　星期六, 晴

晨起去旧书市场, 买《许广平文集》第 1 卷, 5 元;《弘农杨氏族史》, 3 元;《回忆张太雷》, 1 元;《泰戈尔诗选》, 1 元;《民国时期西方民俗文化》, 2 元;《林伯渠日记》, 1 元。

张维坤赠《纪晓岚文集》一套三册。

写《周作人与顺天时报的斗争》, 未竟, 得 3600 字。

接河南扶沟冯海涛寄《冯文化》报 3 期。

11 月 11 日上午, 写完《周作人与顺天时报的斗争》一文, 5700 字。

与洁去秦燕家, 午饭后, 与洁去谢美生家, 畅谈甚欢,晚餐在他家吃火锅，后步行回家。美生赠他所著《谢美生剧作选》、《三国演义补传》、《关汉卿传》、《女人泪》等。

接《日记报》2期，总20期发了我的小文《日记报，我的钟爱》。

11月12日　星期一，阴

抄改《孙伏园与平教会》一文，3000字。

写《周作人对清党运动的抨击》。

读今日来的《文汇读书周报》，才知周一良先生已于10月23日逝世。今年8月间我去北大参加魏建功先生纪念会时，周先生还坐着轮椅来参加，并同我们一起合影留念，不想两个多月后竟仙逝。

晚，小贾小马又送来6本书：《智者的叮咛：先秦诸子的生存智慧》、《诗化人生：魏晋风度的魅力》、《中国科学技术的西传及其影响》、《科学技术与世界经济发展》、《教育技术的理论与实践》、《唐诗鼓吹评注》等。

11月15日　星期四，晴

上午，改抄《周作人与顺天时报的斗争》一文毕，6000字。

下午，去经大特价书店，买《学林春秋》上下册，19元；《燕都丛考》，7元；《思痛录》，4元。

去建国路旧居，开信箱，取青岛出版社寄来的《北大遗事》一册，内有我的一篇《我的几位业师》。

11月17日　星期六，晴

晨起去旧书市场，买《风云初记》初版本，2元；《北京石油学院反右派斗争资料汇集》第1辑，2元；《蔡元培的文化思想》，2元；《怀念廿篇》，2元。

任彦芳打电话来，他已来保定。下午去彦芳处，焦也亦来。

11 月 18 日　星期日，晴

晨起去旧书市场，买臧克家《忆向阳》签名本，1 元；《李贽研究参考资料》第 1 辑，1 元。

向邮递员订 2002 年报刊，报纸有《中华读书报》、《文汇读书周报》、《团结报》、《旧书信息报》等（《文论报》已停刊），杂志有《书屋》、《民国档案》、《纵横》等，共 363.24 元。《新文学史料》、《古籍新书目》待订。

读《温济泽自述》、《复堂日记》。

翻阅《清代名人手札》。

11 月 20 日　星期二，晴

近期以来，一直在构思着撰写《中国知识分子生活状况》（20 世纪）一书，并产生了强烈的写作冲动，拟与《燕南园学魂：魏建功生前身后事》同时写。今日为此书开了个头，即"引言"的一部分，一口气写了 3000 字。

11 月 21 日　星期三，晴

继续写《中国知识分子生活状况》"引言"，已得 6000 字。

彦芳自容城归，下午 5 时来我处，让他看《北大中文系 55 级现象》稿，他很欣赏，又提出了一些修改意见，提供了一些可写进的事实。

11 月 22 日　星期四，晴

上午，写《中国知识分子生活状况》"引言"。

下午，洁去单位开座谈会，我去银行取款，后去书香斋、非凡书店，无所获，又去经大特价店，买旧书 5 本：《燕京乡土记》（邓云乡），7 元；《杏坛忆旧》，7 元；《知识分子工作导论》，2 元；《中国现代经济史》，2 元；《曹聚仁书话》，5 元；9 折优惠，共 21 元。

晚读《曹聚仁书话》。

11月23日　星期五，晴

写《中国知识分子生活状况》上编第一章《北南两大知识群体：北京教授群与上海出版家群》。

接浩歌寄来的《浩歌文集》，有我写的序言《不停歇的奋进》。接蔡根林寄来的浙江师大编的《初中语文课本》（实验本）第5册，选了他的长诗《东阳江》（1957年写）。

12月6日　星期四，晴

上午，与洁去青年路邮局，给戴天恩寄小耳枕3个，给于晓明寄《学人往事》，共花15元。

于晓明寄11月《日记报》2期。

下午去经大书社，买旧书5种："清代野史丛书"中的《康雍乾间文字之狱》（外十二种）、《栖霞阁野乘（外六种）》、《悔逸斋笔乘（外十种）》和《瓜蒂庵小品》、《亦佳庐小品》，共30.6元。

接青岛计伟信。

12月9日　星期日，晴

上午去旧书市场，买《闻一多青少年时代诗文集》，2元；《商务印书馆职工运动史料》，1元；《文史资料选编》。后去建国路旧居，取青岛出版社汇来的稿费单260元，去农大邮局取出。

下午去彦芳处，谈至5时出，他明日去开封。

12月10日　星期一，晴

上午，洁去徐水一中看望燕洁，送她上公共汽车后，去多闻图书中心，买《梅贻琦先生纪念集》（1995年，印1000册）25元，8折购得，20元。

给于晓明写信，谈《日记报》21期转载之《狱中日记：林昭最后的日子》系伪造，并寄去有关文字的复印件。

写《中国知识分子生活状况》。

12 月 11 日　星期二，晴

写《中国知识分子生活状况》。

小马送来贾瑞增著《抱阳履痕》一书。

晚，秦燕来，谈拟送秦昊去新西兰读书事。她明日去京办手续。

12 月 16 日　星期日，晴

晨起，与洁去旧书市场，在小戴摊上买《中国邮政一百年》纪念册、《英汉对照新约全书》、《我与我的世界》（曹聚仁）、《回忆卫立煌先生》、《巴尔扎克的错误》，共 17 元。买《刘铎刘淑父女诗文》，3 元。这是一本珍贵之书，只印 1000 册。买《近代史资料》总第 5 号，1 元。

读《我与我的世界》，这是我早就想买的一本书。

接段伟中寄来的《贺岁（拼凑古人句，硬充贺岁辞）》（打印），觉有点意思。

12 月 18 日　星期二，晴

接刘章打印诗笺。他于去年今日做胃癌手术，一年来身体恢复得很好，故有此雅兴。

抄改《北大中文系 55 级现象》。